瑞蘭國際

나의 한국어 첫걸음

我的韓語第一步

全新修訂版

中國文化大學韓文系副教授、韓國建國大學文學博士

吳忠信　著

中國文化大學韓文系前系主任兼研究所所長、韓國建國大學文學博士

楊人從　審訂

站在學習者立場編寫的韓語教科書

　　語言的學習是件既神奇又神秘的事，成人們並沒有教孩童語法，可是孩童們卻能夠自我歸納出語言規則而講出合於語法的句子，母語的學習如此，即若改換到另一語言環境下也是一樣能學得很好，到底孩童是如何學習語言的？或許重點是他們是浸潤在能察覺談話情境而能知悉哪種情境下該講甚麼話的生活環境中的緣故。

　　成人要學習另一種語言是不是也能比照這種不用教語法的自然學習法呢？或許第一要件是要融入該語言的環境下才能奏效，如果不能移地學習時則要教學者營造出一個模擬的情境，而讓學習者自我察覺語法規則。若是兩者機會都沒有的純自學者的情況又如何？因為成人已經受到第一語言（母語）的影響，用自然學習法自我歸納語法規則是件頗費時日、不甚經濟的做法。我們見過許多語言學習書標榜幾分鐘學好一種語言，可是內容卻只是外文與譯文的對照，隻字不提這種語言的結構規則，顯然編寫者忘記了自己的學習過程和所處環境，或許他是生長在複數語言的環境裡，是自然學習到的，或者他就是個語言天才。若很不幸的這本書又是唯一的孤本，學習者必須自我尋找語言規則，雖然這樣會印象深刻，但有時會摸索良久不得其門而入。名為語言學習書卻要讓讀者自行歸納規則而曠日廢時，則是不甚友善的做法。

　　韓語的句法和漢語不同，但深入瞭解卻可發覺說韓語的韓國人在許多地方的思考方式和我們相近、甚或相同，尤其是連結語尾和其他要素的呼應、搭配更是一樣，只是表達方式不同而已。若干韓語慣用語是源自漢文典籍，並且韓語裡借用的漢字詞彙和韓語詞彙重疊，形成一個概念有兩種說法，也就是有複數的同義、近義詞共存，這語言現象讓我們學習起來更為容易。

　　韓語入門書籍近來在台灣已蔚成熱門，能夠考量到學習者需求所在、並能循序漸進的解說則是首選。本書作者吳忠信博士專攻韓語語法學，並有多年韓語教學經驗，熟知引導學習者入門的程序，本書站在學習者的立場編寫，詳盡的剖析句法，有相關的情境例句、練習，引導讀者逐漸融入韓語世界，奠立以韓語溝通、思考、寫作之基礎。本書又考慮周到，備有課文朗讀音檔，建議讀者跟隨以熟悉並模仿韓國人的講話腔調。

楊人從 謹識　2015年8月8日

走入韓語世界

　　韓語，在這科技進步的地球村當中，儼然成為重要的人類溝通語種之一。韓文易寫、易讀，是一種方便的「拼音文字」，但是其語法當中的「助詞」（虛詞）、「連結語尾」、「語順」等，與漢語有著相當不同的特色，故對於漢語圈華語使用者們而言，韓語並非是一種易學的語言。

　　每一種語言都有著它獨有的特色。韓語，亦不例外。筆者有鑑於時下人們對於韓語學習有著高度熱誠，加上本身職業的關係，於是開始琢磨、編撰本書，而迄今已有一段時日。本書從最基礎的語言觀念談起，再經由子音母音的學習、音節組合、發音規則、單字構造、助詞分類、語尾類型、會話內容之順序，採漸進的學習方式撰寫，期望讀者即便是採用自學的方式亦能從中獲取學習的成效與樂趣。

　　最後本書能得以出版，首先感謝我的指導教授楊人從老師的審訂、治婷的翻譯與修改、芝英與仁奎的錄音、還有在出版過程中付出、協助的大家，由衷感謝各位。另外，更謝謝妳，俐良。

2015年7月　於台北

如何使用本書

《我的韓語第一步》一書包含發音、音節構成、音韻規則、語順、學習重點、會話、單字、文法釋義、文法練習等多樣的學習內容，讓你一次奠定韓語基礎。隨書並附贈韓籍名師親錄的MP3朗讀光碟，讓你同時訓練聽力、口說。尤其各課的會話精緻又實用，除了訓練閱讀，若能搭配文法練習，還能增進寫作能力。

❶ 課前學習

本書第一單元先認識韓文的由來，再學習40音，同時練習韓文筆順，熟悉韓語發音，讓你激起學習韓語的興趣，並奠定韓語基礎。

詳盡的40音教學

詳細說明韓語發音及母音、子音的分類與排序方式。

音韻規則

以一目了然的分解圖讓你認識5種音韻規則。

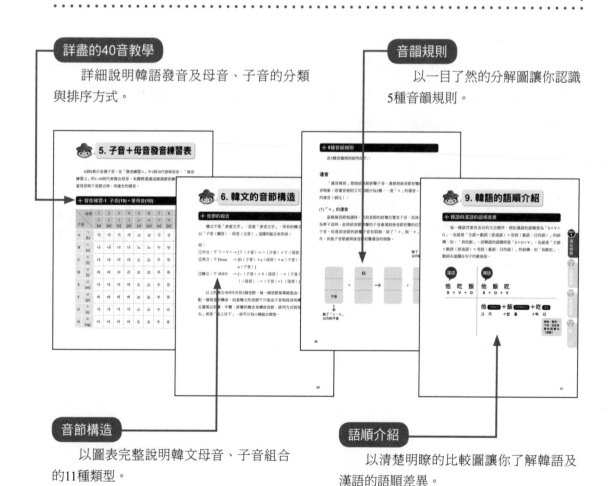

音節構造

以圖表完整說明韓文母音、子音組合的11種類型。

語順介紹

以清楚明瞭的比較圖讓你了解韓語及漢語的語順差異。

❷ 初階、進階學習

　　初階學習階段共有25課，每一課皆以5個步驟，帶領你跟著課文中的每一字一句，確實學會簡單的韓語會話及文法，厚植韓語實力。

　　進階學習階段共有15課，每一課亦以5個步驟，帶領你學習更高階的會話，並活用在初階學習時所學到的基礎文法，更近一步擴展學習進階文法，打下韓語文法根基。

STEP 1. 學習目標
　　在進入課文前，先了解本課將要學習的文法要點。

STEP 3. 重點單字
　　羅列整理會話中單字，累積語彙實力。

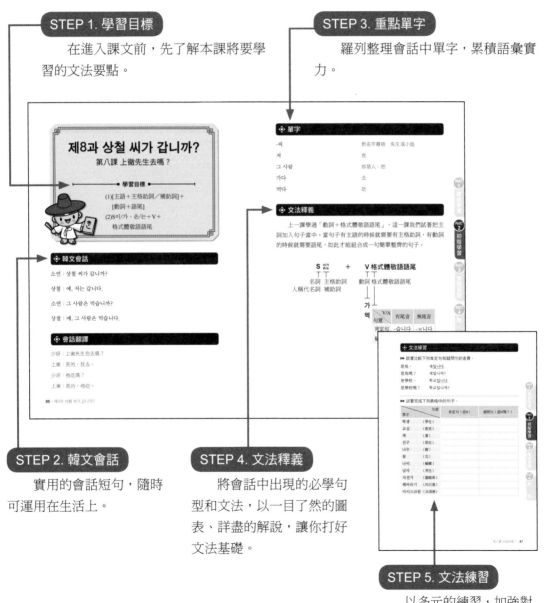

STEP 2. 韓文會話
　　實用的會話短句，隨時可運用在生活上。

STEP 4. 文法釋義
　　將會話中出現的必學句型和文法，以一目了然的圖表、詳盡的解說，讓你打好文法基礎。

STEP 5. 文法練習
　　以多元的練習，加強對文法、句型的印象。

❸ 附錄

　　收錄了大量的實用語彙且分類整理，是你最實用的單字百科，可以將單字替換到所學的句型當中，加以應用練習，讓你出口成章。更有全書40課文法練習解答，讓你了解自己的學習成效。

分類單字

　　除了學習課文中的單字，更將初學者該學的詞彙做分類整理，好翻、好查、好學習。

11. 韓文數字

◉ 漢字語數字

일 1	이 2	삼 3	사 4	오 5
육 6	칠 7	팔 8	구 9	십 10
십일 11	십이 12	십삼 13	십사 14	십오 15
십육 16	십칠 17	십팔 18	십구 19	이십 20
이십일 21	이십이 22	이십삼 23	이십사 24	이십오 25
이십육 26	이십칠 27	이십팔 28	이십구 29	삼십 30
삼십일 31	삼십이 32	삼십삼 33	삼십사 34	삼십오 35
삼십육 36	삼십칠 37	삼십팔 38	삼십구 39	사십 40

291

PART 1 課前學習

7.韓文的代表音

代表音練習
①앉→ㄷㄴ→ㄴ[안] ②젊→ㅁㄷㅁ→ㅁ[점] ③갑→ㄱㅂㅂ→ㅂ[갑]
④핥→ㄷㄹㄷ→ㄹ[할] ⑤없→ㄱㄱㄱ→ㄱ[억] ⑥찾→ㅅㄷㄷ→ㄷ[찾]
⑦값→ㄷㅂㅂ→ㅂ[갑] ⑧빛→ㅅㄷㄷ→ㄷ[빛]

PART 2 初階學習

第三課 是蘋果嗎？

文法練習

▶▶ 試著完成下列表格中的句子。

肯定句（是N）	疑問句（是N嗎？）
학생입니다.	학생입니까?
교실입니다.	교실입니까?
책입니다.	책입니까?
친구입니다.	친구입니까?
나무입니다.	나무입니까?
꽃입니다.	꽃입니까?
나비입니다.	나비입니까?
남자입니다.	남자입니까?
자전거입니다.	자전거입니까?
빼빠라기입니다.	빼빠라기입니까?
아이스크림입니다.	아이스크림입니까?

第四課 這個是蘋果嗎？

文法練習

▶▶ 試著選出適當的主格助詞，並填入空格中。

	이	가
책이	X
X	나무가
꽃이	X
X	자전거가
X	빼빠라기가
아이스크림이	X

296

文法練習解答

　　整理全書40課文法練習解答，讓文法學習沒有疏漏。

目　錄

PART 1　課前學習

PART 2　初階學習

PART 3 進階學習

PART 4 附錄&解答

本書略語一覧表

N	名詞
V	動詞
A	形容詞
S	主語
O	受詞

PART 1 課前學習

　　每一種語言都有它獨有的特色，同樣的韓語也不例外。本單元將從廣大的語言體系中開始介紹韓國文字的由來，並認識韓文的構成方式、發音規則、語順，讓你在進入正式課程前對韓文發展有初步認識。

# 1. 語言系統

　　全世界大約有6千多種語言，其中包含有文字紀錄以及沒有文字紀錄只依靠聲音傳遞的語言。語言學家將這6千多種的語言大略分為4種類型：孤立語（isolating language）、膠著語（agglutinative language）、屈折語（inflexional language）、抱合語（incoparating language）。

◈ 各種代表語言

(1)孤立語：漢語、泰語、緬甸語、越南語
(2)膠着語：韓語、日語、土耳其語、蒙古語
(3)屈折語：英語、法語、德語
(4)抱合語：美洲原住民語、愛斯基摩語

◈ 各種代表語言之特色

(1)孤立語：沒有語尾變化，沒有接詞（助詞），單字在文章中依照順序位置行使文法功能。
(2)膠著語：在句子當中添加帶有文法性質的接詞（助詞），以語根和接詞來表示各種關係。
(3)屈折語：語根本身加以變化，再加上接詞（助詞）來行使文法功能。
(4)抱合語：以動詞為中心，將音節當中的某一個音素固定，前後加上接詞（助詞）或者人稱代名詞，文章和句子形成的方式相同。

　　韓語屬於膠著語，本語言最大的特色，是「接詞」（助詞）、「語尾」非常發達。

2. 韓文的由來

　　文字是語言表現的工具，在15世紀以前，韓國借用漢字來表示地名、人名，並用來編寫書籍等。雖有僅借漢字音來表記韓語的情況（吏讀），但不易使用。到了朝鮮第四代君主世宗大王，他為了讓百姓方便記載與表達自己國家語言的發音及意思，於是召集了集賢殿的學者們創制了韓語文字，稱為「훈민정음」（訓民正音），又稱「諺文」、「反切」，今稱「한글」（韓文）。

PART
1
課前學習

PART
2
初階學習

PART
3
進階學習

PART
4
附錄＆解答

▲ 世宗大王及訓民正音內文。

◈ 創制時期

(1)創制：西元1443年12月（世宗25年）

(2)實行：西元1445年　　　（《龍飛御天歌》）

(3)頒布：西元1446年9月　（世宗28年）

註：《龍飛御天歌》的內容為記錄朝鮮王朝的發展歷史，頌揚朝鮮穆祖、
　　朝鮮翼祖、朝鮮度祖、朝鮮桓祖，以及太祖與太宗等「六龍」的業績。

◈ 「訓民正音」的由來

　　「訓民正音」乃世宗大王所創，《朝鮮王朝實錄》中提到，「訓民正音」是仿古篆方式而創制的28個符號，以初聲、中聲、終聲組合成音節。這28個符號的概念，並非指28個單字，而是以28個發音去組合成單字。但是隨著時代的變化，當初在15世紀時所創立的文字符號已經漸漸不適合現代人的發音，於是有些為了標示漢字發音的符號已經不再使用，例如ㅿ、ㆁ、ㆆ、ㅸ、ㆆ……。

▲ 訓民正音漢文內文。

◈ 「訓民正音」的內容

　　「訓民正音」內容簡單分為：序、制字解、合字解。

(1) 序：世宗大王創制訓民正音的旨趣。

(2) 制字解：子音發音之制製原理及發音法、母音發音之制製原理及發音
　　　法，以初聲、中聲、終聲的順序結合各字。

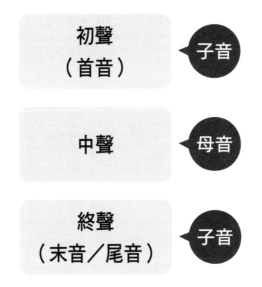

初聲
（首音）　子音

中聲　母音

終聲
（末音／尾音）　子音

(3) 合字解：子音之間合併：合併並書，各自並書。
　　　　　　母音之間合併：天、地、人為概念彼此合併。

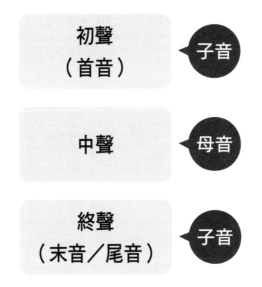

PART
1
課前學習

PART
2
初階學習

PART
3
進階學習

PART
4
附錄＆解答

15

3. 母音

韓語母音的排序

　　韓語的母音共有21個，分為兩類。一類是單母音有9個，另一類是複合母音有12個。韓語的母音亦如子音一樣，是有排列順序的。但是查閱韓語字典時，其排序是依照基本母音的順序排列。

單母音

1	2	3	4	5	6	7	8	9
ㅏ	ㅓ	ㅗ	ㅜ	ㅡ	ㅣ	ㅐ	ㅔ	ㅚ

複合母音

10	11	12	13	14	15	16	17	18	19	20	21
ㅑ	ㅕ	ㅛ	ㅠ	ㅒ	ㅖ	ㅘ	ㅝ	ㅟ	ㅢ	ㅙ	ㅞ

註：並非所有字典編輯皆依此順序。

◈ 韓語母音的分類

　　本書為了教學上的方便，將韓語母音以「基本母音」與「其他母音」2種類別加以分類，說明如下：

基本母音 MP3 01

1	2	3	4	5	6	7	8	9	10
ㅏ	ㅑ	ㅓ	ㅕ	ㅗ	ㅛ	ㅜ	ㅠ	ㅡ	ㅣ

其他母音

11	12	13	14	15	16	17	18	19	20	21
ㅐ	ㅒ	ㅔ	ㅖ	ㅘ	ㅙ	ㅚ	ㅝ	ㅞ	ㅟ	ㅢ

注意：陽性母音：ㅏ, ㅑ, ㅗ, ㅛ　　　（朝右、朝上）

　　　陰性母音：ㅓ, ㅕ, ㅜ, ㅠ, ㅡ, ㅣ（朝左、朝下、平、直）

基本母音

①ㅏ：[a]

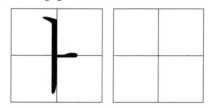

②ㅑ：[ya]

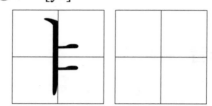

③ㅓ：[ə]

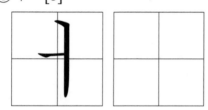

④ㅕ：[yə]

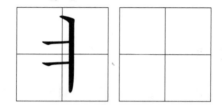

⑤ㅗ：[o]

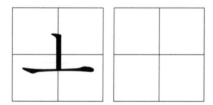

⑥ㅛ：[yo]

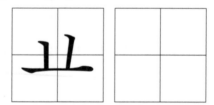

⑦ㅜ：[u]

⑧ㅠ：[yu]

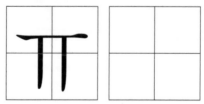

⑨ㅡ：[ɨ]

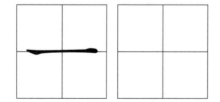

⑩ㅣ：[i]

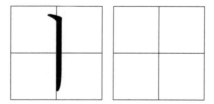

◈ 韓語母音的發音與習寫

其他母音

① ㅐ：[æ]

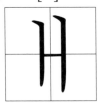

② ㅒ：[yæ]

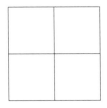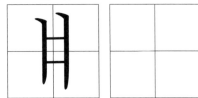

③ ㅔ：：[e]

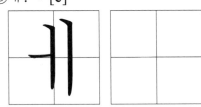

④ ㅖ：[ye]

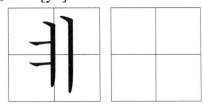

⑤ ㅘ：[wa]

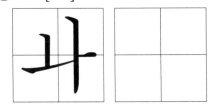

⑥ ㅙ：[wæ]

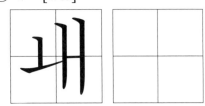

⑦ ㅚ：[oi/we]

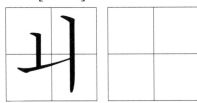

⑧ ㅝ：[wə]

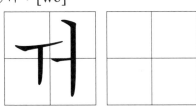

⑨ ㅖ：[we]

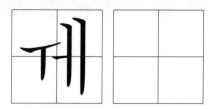

⑩ ㅟ：[wi]

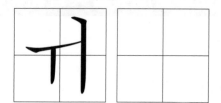

⑪ ㅢ：[ɨi]

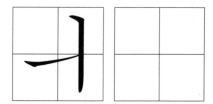

◈ 韓語母音的特色

(1)韓語母音之特色分類

陽性母音：ㅏ, ㅑ, ㅗ, ㅛ, ㅘ, ㅐ, ㅒ, ㅙ, ㅚ

陰性母音：ㅓ, ㅕ, ㅜ, ㅠ, ㅝ, ㅔ, ㅖ, ㅞ, ㅟ, ㅡ, ㅣ, ㅢ

(2)現代文法之母音調和現象分類

陽性母音：ㅏ, ㅑ, ㅗ, ㅛ, ㅘ

陰性母音：ㅓ, ㅕ, ㅜ, ㅠ, ㅝ, ㅔ, ㅖ, ㅞ, ㅟ, ㅡ, ㅣ, ㅢ, ㅐ, ㅒ, ㅙ, ㅚ

 補充說明

(1)陽性母音與陰性母音可以用以下簡單的方式區別：

　①陽性母音：筆畫開口朝上、朝右

　②陰性母音：筆畫開口朝下、朝左、平、直

(2)目前實際韓文文法，是依照上述第2項「現代文法之母音調和現象分類」為主。

4. 子音

◈ 韓文子音的排序

　　韓文的子音共有19個，就如英文、或者日文、甚至是中文的注音符號一樣，是有排列順序的。查閱韓語字典時，字典的排序便是依據韓語子音的順序。

子音順序

1	2	3	4	5	6	7	8	9	10
ㄱ	ㄲ	ㄴ	ㄷ	ㄸ	ㄹ	ㅁ	ㅂ	ㅃ	ㅅ

其他子音

11	12	13	14	15	16	17	18	19
ㅆ	ㅇ	ㅈ	ㅉ	ㅊ	ㅋ	ㅌ	ㅍ	ㅎ

註：並非所有字典編輯皆依此順序。

PART
1
課前學習

PART
2
初階學習

PART
3
進階學習

PART
4
附錄＆解答

◈ 韓文子音的分類

　　本書為了教學上的方便，將子音分為「基本子音」（10個）、「氣音、激音」（4個）、還有「硬音、緊音」（5個）等3種類，說明如下：

基本子音　MP3 02

字母	1 ㄱ	2 ㄴ	3 ㄷ	4 ㄹ	5 ㅁ	6 ㅂ	7 ㅅ	8 ㅇ	9 ㅈ	10 ㅎ
名稱	기역	니은	디귿	리을	미음	비읍	시옷	이응	지읒	히읗

註：平音：1、3、6、7、8，半舌音：4，鼻音：2、5

氣音、激音

字母	11 ㅋ	12 ㅊ	13 ㅌ	14 ㅍ
名稱	키읔	치읓	티읕	피읖

硬音、緊音

字母	15 ㄲ	16 ㄸ	17 ㅃ	18 ㅆ	19 ㅉ
名稱	쌍기역	쌍디귿	쌍비읍	쌍시옷	쌍지읒

補充說明

　　母音為「有聲音」，子音為「無聲音」，也就是說當唸母音時，空氣是經由肺部傳至喉嚨並震動「聲帶」而發出聲音，然而唸子音時卻不會震動「聲帶」，因此子音不能單獨發音，而母音可以，也因此韓文子音每一個都有屬於自己的名稱，而母音沒有。

韓語子音的發音與習寫

基本子音

① ㄱ：[k]

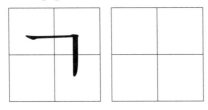

② ㄴ：[n]

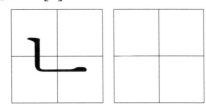

③ ㄷ：[t]

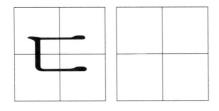

④ ㄹ：[l]

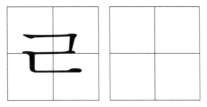

⑤ ㅁ：[m]

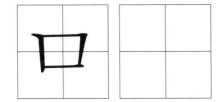

⑥ ㅂ：[p]

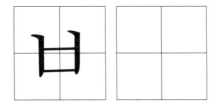

⑦ ㅅ：[s]

⑧ ㅇ：[×]

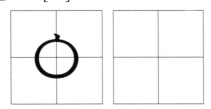

⑨ ㅈ：[c]

⑩ ㅎ：[h]

氣音、激音

① ㅋ：[kʰ]

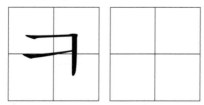

② ㅌ：[tʰ]

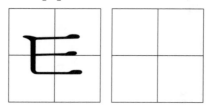

③ ㅍ：[pʰ]

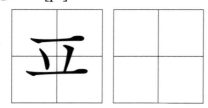

④ ㅊ：[cʰ]

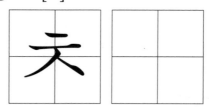

硬音、緊音

① ㄲ：[g`]

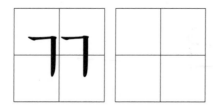

② ㄸ：[d`]

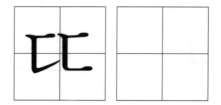

③ ㅃ：[b`]

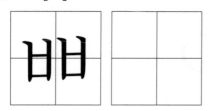

④ ㅆ：[s`]

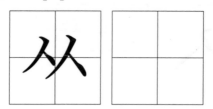

⑤ ㅉ：[c`]

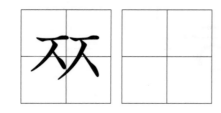

5. 子音＋母音發音練習表

　　A到S表示各個子音，在「發音練習-1」中1到10代表單母音，「發音練習-2」的1-10則代表複合母音，本課將透過這兩個發音練習表，來練習當母音與子音結合時，所產生的發音。

◆ 發音練習-1　子音(19)＋單母音(10)　MP3 03

母音／子音	1 ㅏ [a]	2 ㅑ [ja]	3 ㅓ [ə]	4 ㅕ [jə]	5 ㅗ [o]	6 ㅛ [jo]	7 ㅜ [u]	8 ㅠ [ju]	9 ㅡ [ɨ]	10 ㅣ [i]
A ㄱ [k]	가	갸	거	겨	고	교	구	규	그	기
B ㄴ [n]	나	냐	너	녀	노	뇨	누	뉴	느	니
C ㄷ [t]	다	댜	더	뎌	도	됴	두	듀	드	디
D ㄹ [l]	라	랴	러	려	로	료	루	류	르	리
E ㅁ [m]	마	먀	머	며	모	묘	무	뮤	므	미
F ㅂ [p]	바	뱌	버	벼	보	뵤	부	뷰	브	비
G ㅅ [s]	사	샤	서	셔	소	쇼	수	슈	스	시
H ㅇ [×]	아	야	어	여	오	요	우	유	으	이

	母音	1	2	3	4	5	6	7	8	9	10
子音		ㅏ [a]	ㅑ [ja]	ㅓ [ə]	ㅕ [jə]	ㅗ [o]	ㅛ [jo]	ㅜ [u]	ㅠ [ju]	ㅡ [ɨ]	ㅣ [i]
I	ㅈ [c]	자	쟈	저	져	조	죠	주	쥬	즈	지
J	ㅊ [cʰ]	차	챠	처	쳐	초	쵸	추	츄	츠	치
K	ㅋ [kʰ]	카	캬	커	켜	코	쿄	쿠	큐	크	키
L	ㅌ [tʰ]	타	탸	터	텨	토	툐	투	튜	트	티
M	ㅍ [pʰ]	파	퍄	퍼	펴	포	표	푸	퓨	프	피
N	ㅎ [h]	하	햐	허	혀	호	효	후	휴	흐	히
O	ㄲ [g`]	까	꺄	꺼	껴	꼬	꾜	꾸	뀨	끄	끼
P	ㄸ [d`]	따	땨	떠	뗘	또	뚀	뚜	뜌	뜨	띠
Q	ㅃ [b`]	빠	뺘	뻐	뼈	뽀	뾰	뿌	쀼	쁘	삐
R	ㅆ [s`]	싸	쌰	써	쎠	쏘	쑈	쑤	쓔	쓰	씨
S	ㅉ [c`]	짜	쨔	쩌	쪄	쪼	쬬	쭈	쮸	쯔	찌

母音\子音	1	2	3	4	5	6	7	8	9	10	11
	ㅔ [e]	ㅖ [je]	ㅐ [æ]	ㅒ [jæ]	ㅘ [wa/oa]	ㅙ [wæ]	ㅝ [wə]	ㅞ [we]	ㅚ [oe/we]	ㅟ [wi]	ㅢ [ɨi]
A ㄱ [k]	게	계	개	걔	과	괘	궈	궤	괴	귀	긔
B ㄴ [n]	네	녜	내	냬	놔	놰	눠	눼	뇌	뉘	늬
C ㄷ [t]	데	뎨	대	댸	돠	돼	둬	뒈	되	뒤	듸
D ㄹ [l]	레	례	래	럐	롸	뢔	뤄	뤠	뢰	뤼	릐
E ㅁ [m]	메	몌	매	먜	뫄	뫠	뭐	뭬	뫼	뮈	믜
F ㅂ [p]	베	볘	배	뱨	봐	봬	붜	붸	뵈	뷔	븨
G ㅅ [s]	세	셰	새	섀	솨	쇄	쉬	쉐	쇠	쉬	싀
H ㅇ [×]	에	예	애	얘	와	왜	워	웨	외	위	의
I ㅈ [c]	제	졔	재	쟤	좌	좨	줘	줴	죄	쥐	즤
J ㅊ [cʰ]	체	쳬	채	챼	촤	쵀	춰	췌	최	취	츼
K ㅋ [kʰ]	케	켸	캐	걔	콰	쾌	쿼	퀘	쾨	퀴	킈
L ㅌ [tʰ]	테	톄	태	턔	톼	퇘	퉈	퉤	퇴	튀	틔

PART 1 課前學習

PART 2 初階學習

PART 3 進階學習

PART 4 附錄＆解答

母音 子音	1 ㅔ [e]	2 ㅖ [je]	3 ㅐ [æ]	4 ㅒ [jæ]	5 ㅘ [wa/oa]	6 ㅙ [wæ]	7 ㅝ [wə]	8 ㅞ [we]	9 ㅚ [oe/we]	10 ㅟ [wi]	11 ㅢ [ɨi]
M ㅍ [pʰ]	페	폐	패	퍠	퐈	퐤	풔	풰	푀	퓌	픠
N ㅎ [h]	헤	혜	해	햬	화	홰	훠	훼	회	휘	희
O ㄲ [g`]	께	꼐	깨	꺠	꽈	꽤	꿔	꿰	꾀	뀌	끠
P ㄸ [d`]	떼	뗴	때	떄	똬	뙈	뚸	뛔	뙤	뛰	띄
Q ㅃ [b`]	뻬	뼤	빼	뺴	뽜	뽸	뿨	쀄	뾔	쀠	쁴
R ㅆ [s`]	쎄	쎼	쌔	썌	쏴	쐐	쒀	쒜	쐬	쒸	씌
S ㅉ [c`]	쩨	쪠	째	쨰	쫘	쫴	쭤	쮀	쬐	쮜	쯰

6. 韓文的音節構造

◈ 音節的組合

　　韓文不是「表意文字」，而是「表音文字」，所有的韓文音節都是以「子音（輔音）、母音（元音）」這樣的組合來形成。

如：
①中文：下（ㄒㄧㄚˋ）→ [ㄒ（子音）＋ㄧ（介音）＋ㄚ（母音）]
②英文：下（Down）　　→ [D（子音）＋o（母音）＋w（子音）＋
　　　　　　　　　　　　n（子音）]
③韓文：下（내리다）　→ [ㄴ（子音）＋ㅐ（母音），ㄹ（子音）＋
　　　　　　　　　　　　ㅣ（母音），ㄷ（子音）＋ㅏ（母音）]

　　以上的韓文「내리다」共有3個音節，每一個音節單純由一個子音搭配一個母音所構成。但是韓文的音節不只是由子音和母音所構成而已，而且還是以初聲、中聲、終聲的概念來構成，排列方式則為「由左往右」或者「由上往下」，故可分為11種組合類型。

◈ 韓文子音與母音的11種組合類型

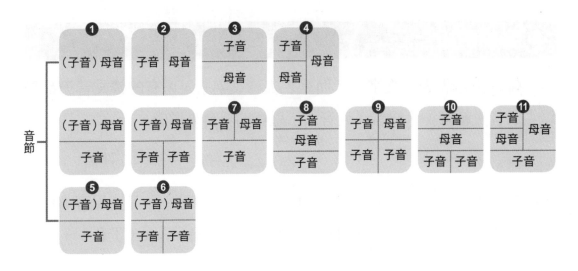

能代表上列圖表中子音與母音的11種組合型態如下：

①이、아、어……

②나、비、피……

③구、누、모……

④뭐、쇠、괴……

⑤앞、옷、약……

⑥앓、옮、읊……

⑦감、달、발……

⑧눈、꽃、손……

⑨넋、값、삶……

⑩굶、흙、몫……

⑪꿩、활、곽……

◈ 子音與母音的11種組合類型規則

如上一段所述，韓文的音節組合方式多達11種（基本類型實際為7種），但需要注意的是這11種組合構造當中都有一些共同規則：

(1)規則1：字素

・一個音節當中最少需要1個子音（首音1個，或者是以零子音表示）。

・一個音節當中最多可有3個子音（首音1個、尾音1個或者2個）。

・一個音節當中最少與最多都只能有1個母音（複合母音算1個）。

註：零子音就是指「ㅇ」。

(2)規則2：發音

・一個音節當中子音最多可以有3個，但是最多只發2個音（首音1個、尾音1個）。

由規則1與規則2來看，每個韓文音節最少有2個發音符號（子音＋母音），而最多可以有4個發音符號（1母音＋3子音），但是在發音上面最多只能發出3個音。

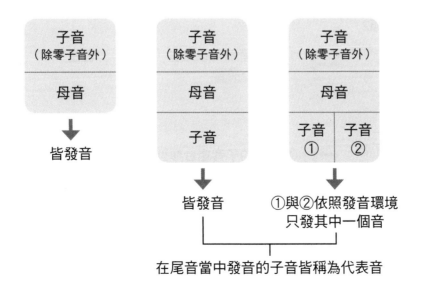

在尾音當中發音的子音皆稱為代表音

7. 韓文的代表音

◈ 代表音的說明

在上一章節的音節組合說明中，①～④類型屬於沒有尾音的音節，⑤～⑪類型屬於有尾音的音節。有尾音與沒有尾音的區別就在於每一個音節最後一個音是子音還是母音，母音結束的音節稱為「開音節」，子音結束的音節則叫做「閉音節」。

韓文音節尾音有一連串的發音變化現象，在了解尾音變化之前，必須要先瞭解每一個子音在尾音位置的發音代表音。

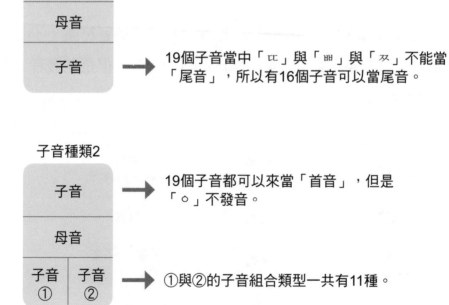

子音種類1

子音	→ 19個子音都可以來當「首音」，但是「ㅇ」不發音。
母音	
子音	→ 19個子音當中「ㄸ」與「ㅃ」與「ㅉ」不能當「尾音」，所以有16個子音可以當尾音。

子音種類2

子音		→ 19個子音都可以來當「首音」，但是「ㅇ」不發音。
母音		
子音①	子音②	→ ①與②的子音組合類型一共有11種。

◈ 尾音代表音

	子音種類（1）	首音發音	尾音代表音（7種）	子音種類（2）	尾音代表音（7種）		備註
1	ㄱ	ㄱ, [k]	ㄱ, [k]	ㄳ	ㄱ, [k]		
2	ㄴ	ㄴ, [n]	ㄴ, [n]	ㄵ, ㄶ	ㄴ, [n]		
3	ㄷ	ㄷ, [t]	ㄷ, [t]				
4	ㄹ	ㄹ, [l]	ㄹ, [l]	ㄼ	ㄹ, [l]	ㅂ, [p]	
				ㄳ, ㄾ, ㅀ	ㄹ, [l],		
				ㄺ	ㄱ, [k]		
				ㄻ	ㅁ, [m]		
				ㄿ	ㅍ→ㅂ, [p]		
5	ㅁ	ㅁ, [m]	ㅁ, [m]				
6	ㅂ	ㅂ, [p]	ㅂ, [p]	ㅄ	ㅂ, [p]		
7	ㅅ	ㅅ, [s]	ㄷ, [t]				
8	ㅇ	不發音	ㅇ, [ng]				
9	ㅈ	ㅈ, [c]	ㄷ, [t]				
10	ㅊ	ㅊ, [cʰ]	ㄷ, [t]				
11	ㅋ	ㅋ, [kʰ]	ㄱ, [k]				
12	ㅌ	ㅌ, [tʰ]	ㄷ, [t]				
13	ㅍ	ㅍ, [pʰ]	ㅂ, [p]				
14	ㅎ	ㅎ, [h]	ㄷ, [t]				ㅎ＋子音（ㄴ）→ㄴ ㅎ＋母音→脫落
15	ㄲ	ㄲ, [g`]	ㄱ, [k]				
16	ㄸ	ㄸ, [d`]	無				
17	ㅃ	ㅃ, [b`]	無				
18	ㅆ	ㅆ, [s`]	ㄷ, [t]				
19	ㅉ	ㅉ, [c`]	無				

韓語全部的19個子音都可以在初聲位置上發音（零子音不發音），但是這19個子音中只有16個可以重複使用在尾音位置（因為有3個不能當尾音），只是剩下的這16個子音在尾音位置的時候，實際上所發出的終聲只有7種發音。

另外，當韓語音節的終聲是由2個子音所構成時，此終聲位置並不是任何2個子音都可以搭配使用，而是只有11個子音結合的型態才可以，而這11個混合子音在終聲位置時，實際發出的聲音也只有7種，故稱此7種發音為代表音。

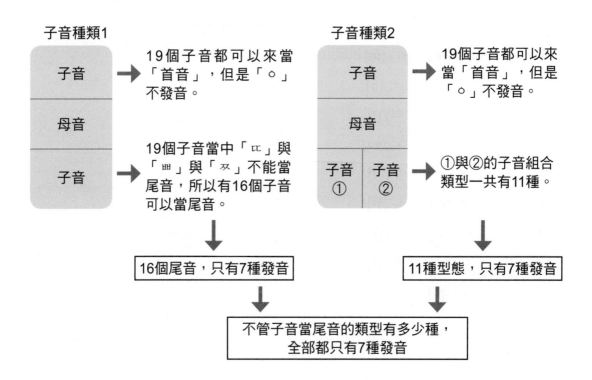

PART
1
課前學習

PART
2
初階學習

PART
3
進階學習

PART
4
附錄&解答

◈ 發音整理

7種尾音代表音的範圍：

ㄱ, [k]：ㄱ、ㅋ、ㄲ、ㄳ、ㄺ

ㄴ, [n]：ㄴ、ㄵ、ㄶ

ㄷ, [t]：ㄷ、ㅌ、ㅅ、ㅆ、ㅈ、ㅊ、ㅎ

ㄹ, [l]：ㄹ、ㄼ、ㄽ、ㄾ、ㅀ

ㅂ, [p]：ㅂ、ㅍ、ㄿ、ㅄ

ㅁ, [m]：ㅁ、ㄻ

ㅇ, [ng]：ㅇ

◈ 代表音練習

例：넋 → ㄳ → ㄱ → [　넉　]
　　（尾音）　（代表音）（實際發音）

①앉 → ＿＿＿ → ＿＿＿ → [　　　　]

②젊 → ＿＿＿ → ＿＿＿ → [　　　　]

③값 → ＿＿＿ → ＿＿＿ → [　　　　]

④핥 → ＿＿＿ → ＿＿＿ → [　　　　]

⑤엌 → ＿＿＿ → ＿＿＿ → [　　　　]

⑥찾 → ＿＿＿ → ＿＿＿ → [　　　　]

⑦갚 → ＿＿＿ → ＿＿＿ → [　　　　]

⑧빛 → ＿＿＿ → ＿＿＿ → [　　　　]

母音 子音	1 ㅏ [a]	2 ㅑ [ja]	3 ㅓ [ə]	4 ㅕ [jə]	5 ㅗ [o]	6 ㅛ [jo]	7 ㅜ [u]	8 ㅠ [ju]	9 ㅡ [ɨ]	10 ㅣ [i]
A ㄱ[k]	가각	갸갹	거걱	겨격	고곡	교곡	구국	규귝	그극	기긱
B ㄴ[n]	나난	냐냔	너넌	녀년	노논	뇨논	누눈	뉴뉸	느는	니닌
C ㄷ[t]	다닫	댜댣	더덛	뎌뎓	도돋	됴됻	두둗	듀듇	드듣	디딛
D ㄹ[l]	라랄	랴랼	러럴	려렬	로롤	료룔	루룰	류률	르를	리릴
E ㅁ[m]	마맘	먀먐	머멈	며몀	모몸	묘묨	무뭄	뮤뮴	므믐	미밈
F ㅂ[p]	바밥	뱌뱝	버법	벼볍	보봅	뵤뵵	부붑	뷰븁	브븝	비빕
G ㅅ[s]	사삿	샤샷	서섯	셔셧	소솟	쇼숏	수숫	슈슛	스슷	시싯
H ㅇ[ng]	아앙	야양	어엉	여영	오옹	요용	우웅	유융	으응	이잉
I ㅈ[c]	자잣	쟈쟛	저젓	져젓	조좃	죠죳	주줏	쥬쥿	즈즛	지짓
J ㅊ[cʰ]	차찻	챠챳	처첫	쳐쳣	초촛	쵸춋	추춧	츄츗	츠츳	치칫
K ㅋ[kʰ]	카칵	캬캭	커컥	켜켝	코콕	쿄쿅	쿠쿡	큐큭	크큭	키킥
L ㅌ[tʰ]	타탇	탸턅	터턷	텨텼	토톧	툐툗	투툳	튜튜	트튿	티틷
M ㅍ[pʰ]	파팦	퍄퍕	퍼펖	펴폎	포폽	표푶	푸풒	퓨퓦	프픞	피픺
N ㅎ[h]	하항	햐향	허헝	혀형	호홍	효흉	후훙	휴흉	흐흥	히힝
O ㄲ[g`]	까깍	꺄꺅	꺼꺽	껴껵	꼬꼭	꾜꾝	꾸꾹	뀨뀩	끄끅	끼끽
P ㄸ[d`]	따	땨	떠	뗘	또	뚀	뚜	뜌	뜨	띠
Q ㅃ[b`]	빠	뺘	뻐	뼈	뽀	뾰	뿌	쀼	쁘	삐
R ㅆ[s`]	싸쌋	쌰쌵	써썻	쎠쎳	쏘쏫	쑈쑛	쑤쑷	쓔쓧	쓰씃	씨씻
S ㅉ[c`]	짜	쨔	쩌	쪄	쪼	쬬	쭈	쮸	쯔	찌

8. 音韻規則

何謂音韻規則

　　韓文雖然是表音文字，但是在表記書寫與實際讀法並非相同。當音節與音節相遇時，在讀法上面會發生「發音變化」的情況，也就是說，實際上的寫法與讀法並不相同。而這種不同於寫法的讀法有一定的規則變化，我們稱為「音韻規則」。韓文的「音韻規則」相當繁多複雜，在此僅列出最常發生的5種韓語的音韻規則。

　　此5種音韻規則如下：
(1)連音
(2)激音化
(3)口蓋音化
(4)硬音化
(5)鼻音化

PART
1
課前學習

PART
2
初階學習

PART
3
進階學習

PART
4
附錄&解答

此5種音韻規則說明如下：

連音

「連音規則」是指前音節終聲子音，連接到後音節初聲位置時的發音現象。而連音規則又可再細分為2種，一是「ㅇ」的連音；一是「ㅎ」的連音（弱化）。

(1)「ㅇ」的連音

當兩個音節相遇時，若前音節的終聲位置有子音，而後音節的初聲為零子音時，此時前音節終聲的子音會連到後音節初聲的位置，取代零子音。但是前音節的終聲子音有限制，除了「ㅇ」與「ㅎ」2個子音以外，其他子音都會與後音節初聲有連音的現象。

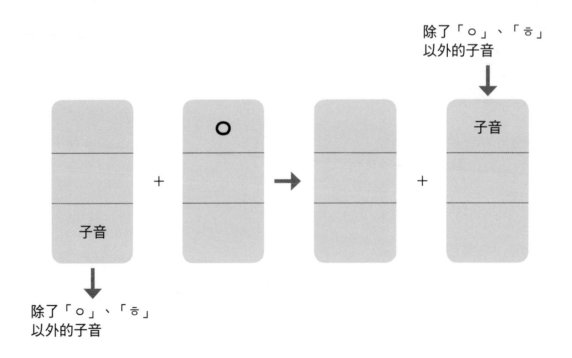

範例

국어 → [구거] 國語　　　　　군인 → [구닌] 軍人

닫아 → [다다] 關　　　　　　일이 → [이리] 事情

음악 → [으막] 音樂

　　另外，當前音節終聲位置為雙子音（也就是有2個子音）的情況時，則規則相同，除了「ㅎ」以外，子音①留下來，子音②則連音到後音節的初聲位置上。

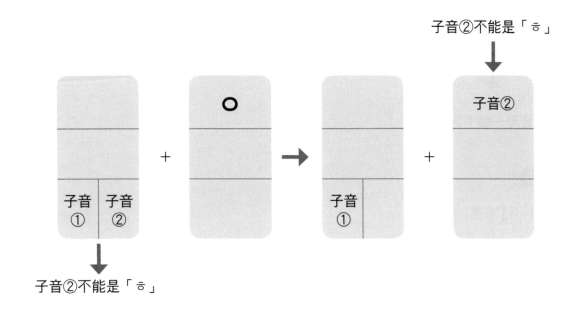

子音②不能是「ㅎ」

子音②不能是「ㅎ」

範例

읽어　　→ [일거] 讀

넓은　　→ [널븐] 寬的

젊은이 → [절므니] 年輕人

앉아　　→ [안자] 坐

잃어　　→ [일＋ㅎ＋어 → 일＋脫落＋어 → 이러] 遺失

再來，若是前音節的終聲位置是複合子音（硬音）時，那麼這複合音（硬音）便直接全部移動到後音節的初聲位置上。

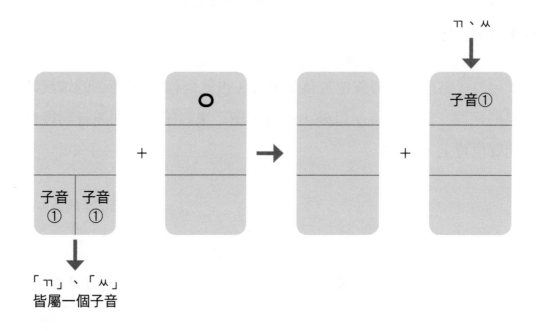

「ㄲ」、「ㅆ」
皆屬一個子音

範例

밖에 → [바께] 外面

있어 → [이써] 有；在

40

(2)「ㅎ」的連音（弱化）

　　當前音節的終聲位置是「ㄴ、ㅁ、ㄹ」3個的其中一個，而且後音節的初聲位置是「ㅎ」的時候，那麼「ㄴ、ㅁ、ㄹ」要移動到後音節的初聲位置上取代「ㅎ」。此種現象其實應該稱為「ㅎ」的弱化現象，而非連音，在標準發音規則裡實際上沒有這樣的規定，但是在發音的過程裡的確有這樣的現象。

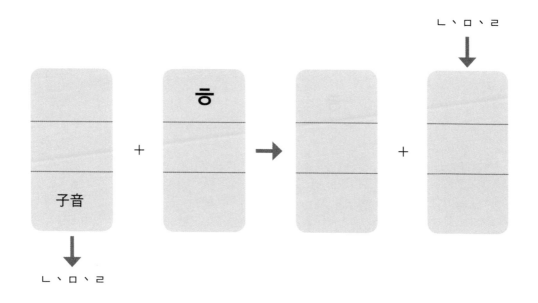

範例

안하 → [아나] 眼下

남한 → [나만] 南韓

철학 → [처락] 哲學

激音化

　　「激音化」又稱為「氣音化」，此規則是當前音節的終聲位置有
「ㄱ、ㄷ、ㅂ、ㅈ」這4個的其中一個時，而後音節的初聲位置為「ㅎ」
的時候，「ㄱ、ㄷ、ㅂ、ㅈ」會受「ㅎ」影響而發出氣音。也就是說，當
前音節終聲的「ㄱ、ㄷ、ㅂ、ㅈ」與後音節初聲的「ㅎ」結合，就會變成
氣音，而成為「ㅋ、ㅌ、ㅍ、ㅊ」。

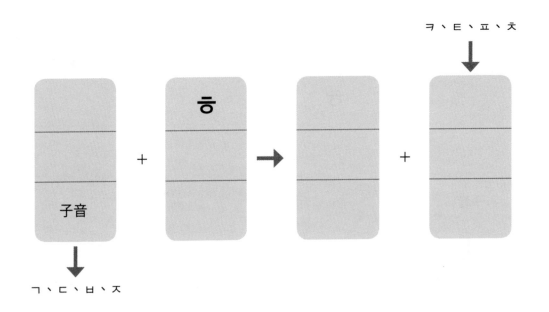

範例

축하　　　→ [추카] 祝賀

따뜻하다 → [따뜯하다 → 따뜨타다] 溫暖

입학　　　→ [이팍] 入學

앉히다　　→ [안치다] 使其坐下

此規則還適用於前音節終聲是「ㅎ」，而後音節初聲是「ㄱ、ㄷ、ㅂ、ㅈ」的情況。在此情況中，這個規則依然成立，也就是說，仍然會有氣音化的現象。

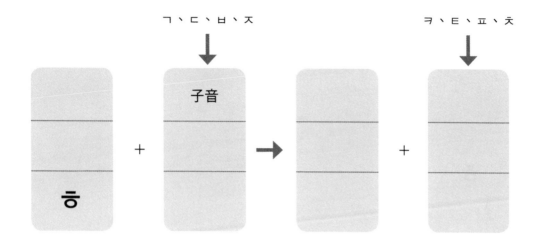

範例

파랗고 → [파라코] 藍

이렇다 → [이러타] 這樣

ㅎ＋ㅂ→ （無此單字音節構造）

좋지　→ [조치] 好啊

另外，若前音節的終聲位置是為複合子音時，氣音化規則依然適用。

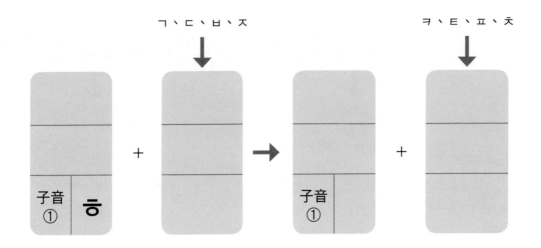

範例

많고 → [만코] 多

잃다 → [일타] 遺失

ㅎ＋ㅂ → （無此單字音節構造）

옳지 → [올치] 對了

口蓋音化

　　「口蓋音化」又稱「顎音化」，其規則有2種，第一種是子音「ㄷ、ㅌ」與「이」的同化，第二種是子音「ㄷ」與「히」的同化。

(1)當前音節終聲位置的子音「ㄷ、ㅌ」，遇上後音節為「이」時，前音節終聲的子音就會發為「ㅈ、ㅊ」。

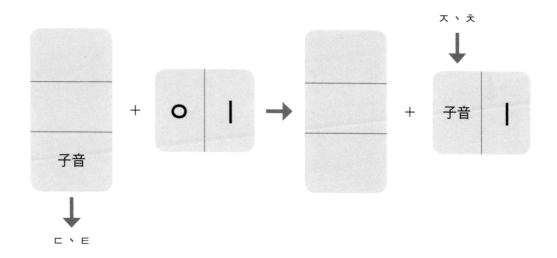

範例

해돋이 → [해도지] 日出

땀받이 → [땀바지] 汗衫

같이　 → [가치] 一起

끝이　 → [끄치] 結尾

(2)當前音節終聲位置的子音「ㄷ」，遇上後音節為「히」時，發音為「ㅊ」。

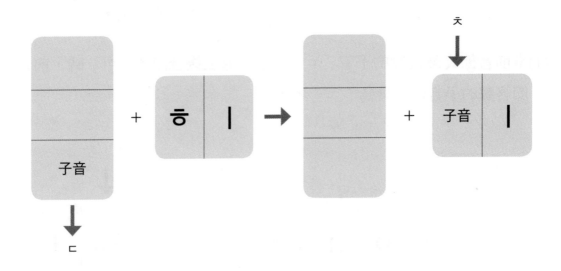

範例

굳히다 → [구치다] 使其凝固
닫히다 → [다치다] 被關

註：韓語史上口蓋音化現象已經結束，現代綴字法只是為了區別出其語根與語尾的部分（굳：語根、히：接尾詞）。

硬音化

接下來就「硬音規則」簡單分成2種來做說明。

(1)當前音節終聲位置為「ㄱ、ㄴ、ㄷ、ㄹ、ㅁ、ㅂ、ㅅ、ㅈ」，遇上後音節初聲位置為「ㄱ、ㄷ、ㅂ、ㅅ、ㅈ」的時候，後音節初聲子音發音就會變成「ㄲ、ㄸ、ㅃ、ㅆ、ㅉ」的音。（純韓語與漢字音皆適用）

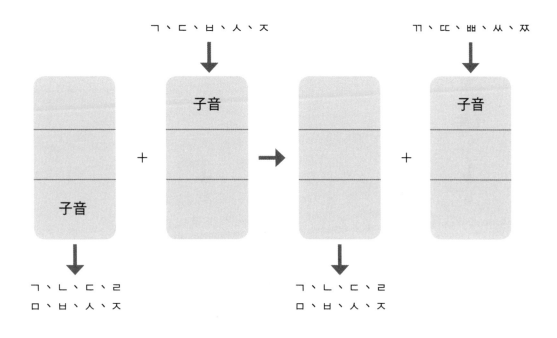

範例

학교　→ [학꾜] 學校　　　안고　→ [안꼬] 抱

돋다　→ [돋따] 升起　　　물고기 → [물꼬기] 魚

보름달 → [보름딸] 滿月　　몹시　→ [몹씨] 非常

젖다　→ [젖따] 濕

(2)當某一音節為「複合字」（此字必須是2個實詞［有實際意思的詞］
組合在一起的單字）」，前一音節的終聲位置為「ㅇ」，後一音節初
聲位置為「ㄱ、ㄷ、ㅂ、ㅅ、ㅈ」的時候，後音節的初聲發音會變成
「ㄲ、ㄸ、ㅃ、ㅆ、ㅉ」。（純韓語與漢字音皆適用）

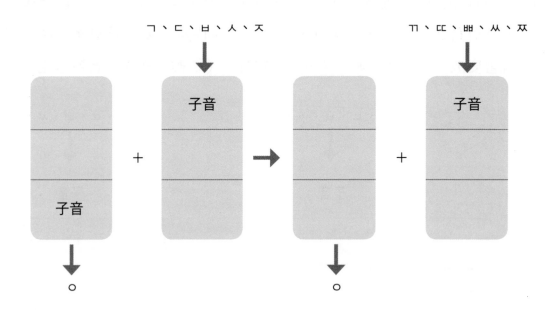

範例

땅굴　　→ [땅꿀] 地洞　　　　　장독　　→ [장똑] 醬缸
등불　　→ [등뿔] 燈火　　　　　종소리 → [종쏘리] 鐘聲
등잔불 → [등짠뿔] 燈光

鼻音化

　　當前音節的終聲位置是「ㄱ、ㄷ、ㅂ」3個的其中一個，且後音節的初聲位置是「ㄴ、ㄹ、ㅁ」任何一個的時候，那麼前音節終聲位置上的音會有發音變化「ㄱ→ㅇ、ㄷ→ㄴ、ㅂ→ㅁ」，此一規則稱為鼻音化。

註：但如果是「ㄱ」遇上「ㄹ」的情況，除了前音節「ㄱ」會變成「ㅇ」之外，後音節「ㄹ」也會變成「ㄴ」，這是相互影響的結果。

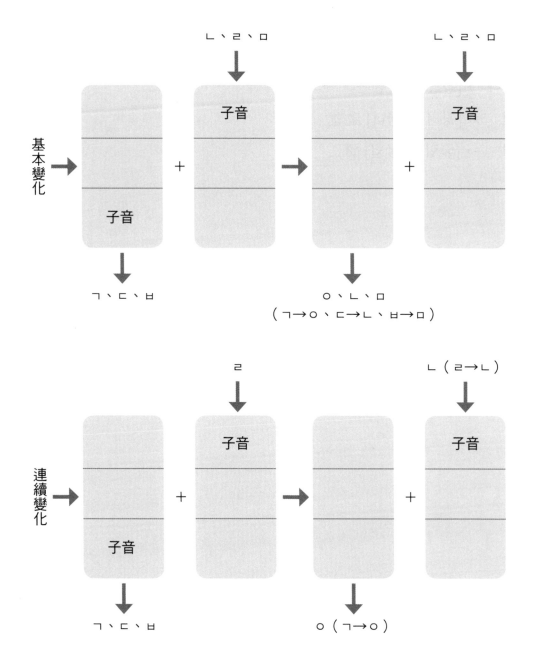

학년　　→ [항년] 學年

닦는다 → 닥＋는다 → [당는다] 擦拭

국민　　→ [궁민] 國民

걷는다 → [건는다] 走路

있는　　→ [읻는 → 인는] 有的

빛나다 → [빋나다→빈나다] 發光

밥먹다 → [밤먹따] 吃飯

갚는다 → [갑는다 → 감는다] 償還

읊는다 → [읖는다 → 읍는다 → 음는다] 吟

격려　　→ [격려 → 경녀] 激勵

국립　　→ [궁립 → 궁닙] 國立

9. 韓語的語順介紹

❖ 韓語與漢語的語順差異

　　每一種語言都有各自的文法順序，例如漢語的語順是為「S＋V＋O」，也就是「主語＋動詞（敘述語）＋受詞（賓語、目的語）」的結構，如：「我吃飯」。而韓語的語順則是「S＋O＋V」，也就是「主語＋動詞（敘述語）＋受詞（賓語、目的語）」的結構，如「我飯吃」，動詞永遠擺在句子的最後面。

他　吃　飯
S ＋ V ＋ O

他　飯　吃
S ＋ O ＋ V

他 主格助詞 ＋飯 目的格助詞 ＋吃 語尾
그 가　　＋밥 을　　　＋먹 다

時制、尊待、下待、否定各種語尾變化（情態）

韓語就如前章所提，是屬於膠著語，因此除了語順與漢語不同之外，其句子的組成成分還添加了許多要素，如格助詞、語尾等等，以達到「識別」的作用。也就是說，漢語是以詞彙的排列順序來決定句意，但是韓語是以句中成分之後添加虛詞來識別其意義。

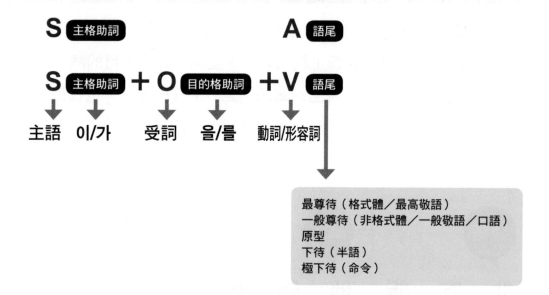

S ：句中主語，一般是名詞或代名詞。

O ：句中受詞，一般亦為名詞。

V ：動詞（可再細分為自動詞／他動詞／使動詞／被動詞）

A ：形容詞

이/가：主格助詞，用來表示前面所接之名詞為主語。

을/를：目的格助詞，用來表示前面所接之名詞為受詞。

語尾：依照說話者和聽話者彼此身分地位的差別，必須選　　　擇其中一種等級做為交談基準。

PART 2
初階學習

初階學習課程內容一覽表

課程順序	課程學習內容
第一課	(1)課前單字構造認識 (2)分析單字構造
第二課	格式體敬語的語尾
第三課	N이다的詞彙組合型態 （이다＋格式體敬語語尾）
第四課	主格助詞이/가
第五課	補助詞은/는
第六課	人稱代名詞 （你、我、他、你們、我們、他們、大家）
第七課	(1)動詞＋語尾 (2)V＋格式體敬語語尾
第八課	(1)[主語＋主格助詞／補助詞]＋[動詞＋語尾] (2)S이/가、은/는＋V＋格式體敬語語尾
第九課	(1)形容詞＋語尾 (2)A＋格式體敬語語尾
第十課	(1)[主語＋主格助詞／補助詞]＋[形容詞＋語尾] (2)S이/가、은/는＋A＋格式體敬語語尾
第十一課	(1)[受詞＋目的語格助詞]＋[動詞＋語尾] (2) N을/를 V＋格式體敬語語尾
第十二課	(1)[主詞＋主格助詞／補助詞]＋[受詞＋目的語格助詞] 　　＋[動詞＋語尾] (2)S이/가、은/는＋N을/를＋V＋格式體敬語語尾
第十三課	N에～ （N：時間名詞；에：副詞格助詞）
第十四課	N에＋V～ （N：時間名詞／場所名詞；에：地方副詞格助詞； V：移動性動詞）

課程順序	課程學習內容
第十五課	S＋N1에＋N2에＋V～ （S：主語；N：時間名詞／場所名詞； 에：地方副詞格助詞；V：移動性動詞）
第十六課	N에서＋V～ （N：場所名詞；V：移動性動詞]）
第十七課	S＋N에서＋V～ （S：主語；N：場所名詞；V：移動性動詞）
第十八課	N에서＋V～ （N：場所名詞；V：非移動性動詞）
第十九課	S＋N에서＋V～ （S：主語；N：場所名詞；V：非移動性動詞）
第二十課	S＋N에＋N에서＋V～ （S：主語；N：時間／場所名詞；V：移動性動詞）
第二十一課	S＋N에＋N에서＋V～ （S：主語；N：時間/場所名詞；V：非移動性動詞）
第二十二課	非格式體的敬語語尾——敬語表達I （N이에요；N예요）
第二十三課	非格式體的敬語語尾——敬語表達II （V아/어/여요；A아/어/여요）
第二十四課	未來時制先行語尾「-겠」的用法
第二十五課	過去時制先行語尾「-았/었/였」的用法

제1과 어간、어근、어미
第一課 語幹、語根、語尾

■ 學習目標 ■

(1)課前單字構造認識

(2)分析單字構造

◈ 文法

(1)動詞：가다（去）、먹다（吃）、버리다（扔）、날아가다（飛走）、공부하다（讀書）……

(2)形容詞：시다（酸）、깊다（深）、바쁘다（忙）、선선하다（涼爽）、익살스럽다（詼諧）……

(3)名詞：문（門）、의자（椅子）、외계인（外星人）、 중화민국（中華民國）……

◈ 文法釋義

　　在學習韓文之前，我們必須了解韓文本身最基本的元素──單字。畢竟每一種語言都有其不可取代的特色，然而也有個共通點，那就是當我們要使用某種語言的時候，雖然不知道該語言的文法規則，但是卻可以只使用單字，便能讓對方明瞭說話者最基本想訴說內容。也就是說，我們不管學習任何一種語言，都是先從單字開始學起。於此，第一課我們就從學習韓文單字的構造與意義開始。

(1)語幹：動詞或形容詞裡，詞彙本身有實質意義的部份
(2)語根：詞彙本身有實質意義、或意義比重最深的部份
(3)語尾：動詞或形容詞裡，詞彙本身終結的部份

　　韓文中，只有動詞與形容詞基本型語幹後的「다」才稱為語尾，而「다」之前的所有音節便是該單字的語幹（有實質意義的部份）。

動詞：

語幹	語尾
가	다
먹	다
버리	다
날아가	다
공부하	다

形容詞：

語幹	語尾
시	다
깊	다
바쁘	다
선선하	다
익살스럽	다

單字音節：

	語幹	語尾
1		다
12		다
123		다
1234		다
12345……		다

　　簡單來說，韓文動詞或者是形容詞當中，不管該單字總共有多少個音節（如上圖所示），在該單字最後面有一個「다」的音節，這個「다」便是語尾。

　　那麼為什麼要先知道語幹、語根、語尾的區別呢？因為在用韓語談話或用韓文書信來往時，依照說話者與聽話者之間身分地位之不同，兩人之間的對話「等級」便有所不同。所以韓文的單字在使用時，尤其是動詞和形容詞，在實際對應使用上，都要先去掉最後面的「다」，再換上其他適當的語尾類型。

제2과 합시오체──격식체

第二課 格式體敬語語尾──格式體

■ 學習目標 ■

(1) 學習目標：格式體敬語的語尾

 文法

S＋O＋Ⓥ＋語尾

V/A
動詞　＋
形容詞

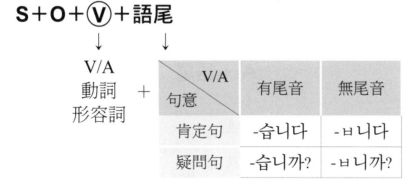

V/A 句意	有尾音	無尾音
肯定句	-습니다	-ㅂ니다
疑問句	-습니까?	-ㅂ니까?

◈ 文法釋義

　　格式體敬語是韓文中，說話者對聽話者表達最高敬意之語尾用法。而其用法，是動詞或者形容詞去掉本身語尾「다」之後，依照該動詞或形容詞有無尾音、說話者要表達的是肯定句或是疑問句，分別加上適合的語尾，進而搭配成一組最適合的敬語語尾。

範例：(1)가다（去）、(2)먹다（吃）、(3)사랑하다（愛）、
　　　(4)이쁘다（漂亮）、(5)맛있다（好吃）、(6)아름답다（美麗）

單字的原型

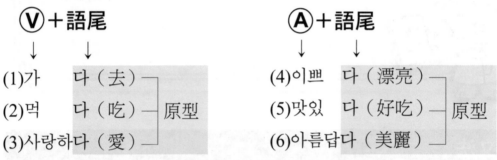

步驟1　先將單字本身的語尾原型去掉

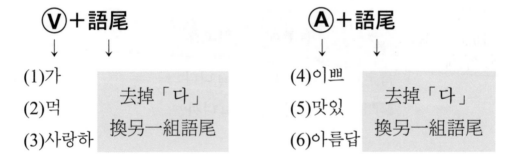

步驟2 判斷動詞或形容詞有無尾音

(1)가 → 無尾音

(2)먹 → 有尾音

(3)사랑하 → 無尾音

(4)이쁘 → 無尾音

(5)맛있 → 有尾音

(6)아름답 → 有尾音

步驟3 選出適當語尾

①肯定句的表現

Ⓥ＋語尾
↓　　↓

(1)가 ＋ ㅂ니다

(2)먹 ＋ 습니다

(3)사랑하 ＋ ㅂ니다

Ⓐ＋語尾
↓　　↓

(4)이쁘 ＋ ㅂ니다

(5)맛있 ＋ 습니다

(6)아름답 ＋ 습니다

②疑問句的表現

Ⓥ＋語尾
↓　　↓

(1)가 ＋ ㅂ니까?

(2)먹 ＋ 습니까?

(3)사랑하 ＋ ㅂ니까?

Ⓐ＋語尾
↓　　↓

(4)이쁘 ＋ ㅂ니까?

(5)맛있 ＋ 습니까?

(6)아름답 ＋ 습니까?

步驟4 組合完成語尾

 ＋語尾
↓　　↓

(1)갑니다.

(2)먹습니다.

(3)사랑합니다.

 ＋語尾
↓　　↓

(4)이쁩니다.

(5)맛있습니다.

(6)아름답습니다.

 ＋語尾
↓　　↓

(1)갑니까?

(2)먹습니까?

(3)사랑합니까?

 ＋語尾
↓　　↓

(4)이쁩니까?

(5)맛있습니까?

(6)아름답습니까?

以上是韓文的動詞和形容詞搭配格式體敬語時候的樣式，綜合整理如下。

＜動詞類＞

中文	去		吃		愛	
韓文	가다		먹다		사랑하다	
去掉原型語尾	가		먹		사랑하	
區分有無尾音	가 無尾音		먹 有尾音		사랑하 無尾音	
加上格式體敬語	肯定句	疑問句	肯定句	疑問句	肯定句	疑問句
	가+ ㅂ니다	가+ ㅂ니까	먹+ 습니다	먹+ 습니까	사랑하+ ㅂ니다	사랑하+ ㅂ니까
	갑니다.	갑니까?	먹습니다.	먹습니까?	사랑합 니다.	사랑합 니까?

＜形容詞類＞

中文	漂亮		好吃		美麗	
韓文	이쁘다		맛있다		아름답다	
去掉原型語尾	이쁘		맛있		아름답	
區分有無尾音	이쁘 無尾音		맛있 有尾音		아름답 有尾音	
加上格式體敬語	肯定句	疑問句	肯定句	疑問句	肯定句	疑問句
	이쁘+ ㅂ니다	이쁘+ ㅂ니까	맛있+습 니다	맛있+습 니까	아름답+ 습니다	아름답+ 습니까
	이쁩니다.	이쁩니 까?	맛있습니 다.	맛있습니 까?	아름답습 니다.	아름답습 니까?

◈ 文法練習

▶▶ 試著將下列單字，搭配格式體敬語語尾的組合形式，填入空格內。

單字	肯定句 +습니다 +ㅂ니다	疑問句 +습니까 +ㅂ니까
오다 　　（來）		
보다 　　（看）		
읽다 　　（讀）		
듣다 　　（聽）		
공부하다（學習）		
운동하다（運動）		
쓰다 　　（苦）		
시다 　　（酸）		
맵다 　　（辣）		
높다 　　（高）		
많다 　　（多）		
적다 　　（少）		
심심하다（無聊）		
불쌍하다（可憐）		

제3과 사과입니까?

第三課 是蘋果嗎?

■ 學習目標 ■

N이다的詞彙組合型態

（이다＋格式體敬語語尾）

◈ 韓文會話

MP3 06

상철 : 사과입니까?

소연 : 네, 사과입니다.

상철 : 과일입니까?

소연 : 네, 과일입니다.

◈ 會話翻譯

上徹：是蘋果嗎？

少妍：是的，是蘋果。

上徹：是水果嗎？

少妍：是的，是水果。

PART 1 課前學習

PART 2 初階學習

PART 3 進階學習

PART 4 附錄&解答

◈ 單字

이다	是
학생	學生
네	是的
과일	水果

◈ 文法釋義

　　我們中文裡常說「是N」，用韓文來說便是「N이다」。也就是說中文與韓文的語順顛倒，韓文句中的敘述語（動詞／形容詞）永遠是擺在最後。在此暫時將韓文「이다」（指定詞／敘述格助詞）設定為類似英語的稱呼「be動詞」。

中文：是N

韓語：N이다

　　然而，中文與韓文的差異並非只有在於語順而已。當中文說「是N」的時候，已經完成了說話者要表達的所有意思，但是用韓文來說時，不僅要用「N이다」的句法來表達「是N」的意思，而且還要考慮到聽話者的身分，將這句話改成符合身分地位的待遇法。

中文：是N

韓語：N이다（다是原型）

➡ **(1)中文：是N**

韓語：N이＋最高敬語

➡ **(2)中文：是N**

韓語：N이＋ㅂ니다

➡ **(3)中文：是N**

韓語：N입니다

▶▶ 試著比較下列肯定句和疑問句的差異。

是鳥。	새입니다.
是鳥嗎？	새입니까?
是書。	책입니다.
是書嗎？	책입니까?

差異點：

（1）不管是肯定句或疑問句，都是「N＋이＋語尾」的構造。

（2）肯定句和疑問句的語尾差一個字。

▶▶ 試著完成下列表格中的句子。

單字 ＼ 句意	肯定句（是N）	疑問句（是N嗎？）
학생　　　（學生）		
교실　　　（教室）		
책　　　　（書）		
친구　　　（朋友）		
나무　　　（樹）		
꽃　　　　（花）		
나비　　　（蝴蝶）		
남자　　　（男生）		
자전거　　（腳踏車）		
해바라기　（向日葵）		
아이스크림（冰淇淋）		

제4과 이것이 사과입니까?

第四課 這個是蘋果嗎?

■ 學習目標 ■

主格助詞이/가

◈ 韓文會話

MP3 08

소연 : 이것이 사과입니까?

상철 : 예, 이것이 사과입니다.

소연 : 사과가 과일입니까?

상철 : 예, 사과가 과일입니다.

◈ 會話翻譯

少妍：這個是蘋果嗎？

上徹：是的，這個是蘋果。

少妍：蘋果是水果嗎？

上徹：是的，蘋果是水果。

◈ 單字

MP3 09

이것	這個
그것	那個
예	是的

◈ 文法釋義

　　前幾課我們已學習動詞或形容詞去掉語尾「다」，然後換上格式體敬語語尾的用法。接下來，這一課要學習當句子中出現主語時的用法。韓文句子當中，如果有主語的時候，會依照該主語是否有尾音而加上「이」或者是「가」。「이/가」主要是用來表示該助詞前面的名詞即為主語。

＜主語＋N이다＞

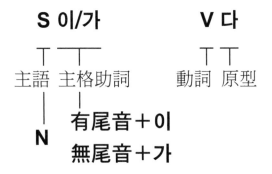

　　當句中主語有尾音時候必須加上主格助詞「이」，若主語沒有尾音時候則加上「가」。

PART 1 課前學習

PART 2 初階學習

PART 3 進階學習

PART 4 附錄&解答

第四課 要不要去看電影？・69

❖ 文法練習

▶▶ 試著練習主格助詞的用法。

是蘋果。	사과<u>입니다</u>.
是蘋果嗎？	사과<u>입니까</u>?
是水果。	과일<u>입니다</u>.
是水果嗎？	과일<u>입니까</u>?
這個是蘋果。	이것<u>이</u> 사과입니다.
這個是蘋果嗎？	이것<u>이</u> 사과입니까?
那個是水果。	그것<u>이</u> 과일입니다.
那個是水果嗎？	그것<u>이</u> 과일입니까?

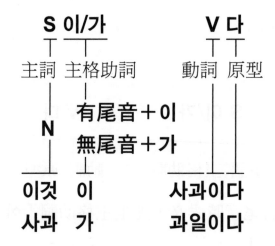

S 이/가   V 다

主詞 主格助詞   動詞 原型

N   有尾音＋이
       無尾音＋가

이것   이   사과이다
사과   가   과일이다

▶▶ 試著選出適當的主格助詞，並填入空格中。

句意 / 單字	이	가
책 （書）	책이	✕
나무 （樹）		
꽃 （花）		
자전거 （腳踏車）		
해바라기 （向日葵）		
아이스크림 （冰淇淋）		

▶▶ 試著填入適當的主格助詞，並填入空格中。

대만 （ 이 ） 台灣 　　　학생 （ 　　 ） 學生

선생님 （ 　　 ） 老師 　　　어머니 （ 　　 ） 媽媽

아버지 （ 　　 ） 爸爸 　　　한국 （ 　　 ） 韓國

학교 （ 　　 ） 學校 　　　영어책 （ 　　 ） 英文書

어머님 （ 　　 ） 母親 　　　아버님 （ 　　 ） 父親

▶▶ 試著完成下列表格中的句子。

單字 ＼ 句意	肯定句（S是N）	疑問句（S是N嗎？）
책 （書）	＿＿＿＿＿＿＿＿＿＿＿ 這是書。	＿＿＿＿＿＿＿＿＿＿＿ 這是書嗎？
나무 （樹）	＿＿＿＿＿＿＿＿＿＿＿ 這是樹。	＿＿＿＿＿＿＿＿＿＿＿ 這是樹嗎？
꽃 （花）	＿＿＿＿＿＿＿＿＿＿＿ 這是花。	＿＿＿＿＿＿＿＿＿＿＿ 這是花嗎？
자전거 （腳踏車）	＿＿＿＿＿＿＿＿＿＿＿ 這是腳踏車。	＿＿＿＿＿＿＿＿＿＿＿ 這是腳踏車嗎？
해바라기 （向日葵）	＿＿＿＿＿＿＿＿＿＿＿ 那是向日葵。	＿＿＿＿＿＿＿＿＿＿＿ 那是向日葵嗎？
아이스크림 （冰淇淋）	＿＿＿＿＿＿＿＿＿＿＿ 那是冰淇淋。	＿＿＿＿＿＿＿＿＿＿＿ 那是冰淇淋嗎？

◈ 文法補充

「이것」、「그것」、「저것」均是指示代名詞。

「이」：這（距離說話者近）例如：這本書

「그」：那（距離說話者稍遠）例如：那個人

「저」：那（距離說話者和聽話者都遠）例如：那座山、那片雲

「것」：東西／物品／事件之代名詞

제5과 이것은 무엇입니까?

第五課 這個是什麼?

■ 學習目標 ■

補助詞은/는

◈ 韓文會話

MP3 10

소연 : 이것은 무엇입니까?

상철 : 이것은 과일입니다.

소연 : 딸기는 과일입니까?

상철 : 예, 딸기는 과일입니다.

◈ 會話翻譯

少妍：這個是什麼?

上徹：這個是水果。

少妍：草莓是水果嗎?

上徹：是的,草莓是水果。

무엇	什麼
그것	那個
예	是的
딸기	草莓

◈ 文法釋義

　　上一課我們學習過主格助詞之後，現在我們再來學另外一個助詞「은/는」。「은/는」是補助詞，在韓文文法中相當重要，學習者時常將補助詞「은/는」與主格助詞「이/가」兩者混淆而感到困擾。然而這個補助詞「은/는」並非主格助詞，但是可以替代主格助詞的位置，其文法功能大致上有如下4種。

(1)表示限定／強調：限定或者特指某事項，以及該名詞所作的行為或者狀態。

(2)表示對照／對比：一句話或兩句話當中，提到兩件以上的事項時之對照。

(3)提供新、舊情報：主格助詞「이/가」是新情報；補助詞「은/는」是舊情報。

(4)表示大主語、小主語：複合句子裡的大主語，便是搭配採用補助詞「은/는」。

而本課所要解釋的，是上述的第一種情況「表示限定／強調」。當我們在表達某一句話，並且想要強調句中的某一個名詞與動作或狀態時，便會使用補助詞「은/는」。

範例：

①이것<u>이</u> 과일입니다. <small>這是水果。</small>

　　[句意：表達一般事實、稀鬆平常之陳述]

②이것<u>은</u> 과일입니다. <small>這是水果。</small>

　　[句意：限定、強調某種東西之陳述]

③상철<u>이</u> 학생입니다. <small>上徹是學生。</small>

　　[句意：表達一般事實、稀鬆平常之陳述]

④상철<u>은</u> 학생입니다. <small>上徹是學生。</small>

　　[句意：限定、強調是「上徹，是學生」而不是別人]

主格助詞與補助詞之替換

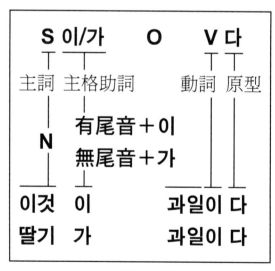

主格助詞

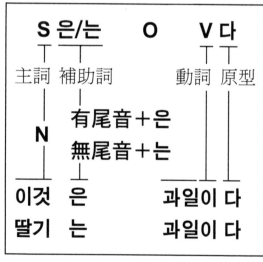

補助詞

◈ 文法練習

▶▶ 試著填入適當的主格助詞及語尾。

這是蘋果。	이것＿＿＿＿ 사과＿＿＿＿＿＿＿＿＿.
這是蘋果嗎？	이것＿＿＿＿ 사과＿＿＿＿＿＿＿＿＿?
那是水果。	그것＿＿＿＿ 과일＿＿＿＿＿＿＿＿＿.
那是水果嗎？	그것＿＿＿＿ 과일＿＿＿＿＿＿＿＿＿?

- -

▶▶ 試著選出適當的助詞類型，並填入空格中。

單字 　　　　　　　句意	이/가	은/는
책 　　　　（書）	책이	책은
나무 　　　（樹）		
꽃 　　　　（花）		
자전거 　　（腳踏車）		
해바라기 　（向日葵）		
아이스크림 （冰淇淋）		

▶▶ 試著填入適當的助詞類型，並填入空格中。

대만 （　이　）　　대만 （　은　）　　台灣

학생 （　　　）　　학생 （　　　）　　學生

선생님 （　　　）　　선생님 （　　　）　　老師

어머니 （　　　）　　어머니 （　　　）　　媽媽

아버지 （　　　）　　아버지 （　　　）　　爸爸

한국 （　　　）　　한국 （　　　）　　韓國

학교 （　　　）　　학교 （　　　）　　學校

영어책 （　　　）　　영어책 （　　　）　　英文書

어머님 （　　　）　　어머님 （　　　）　　母親

아버님 （　　　）　　아버님 （　　　）　　父親

▶▶ 試著用補助詞「은/는」，完成下列表格中的句子。

單字 ＼ 句意	肯定句（S是N。）	疑問句（S是N嗎？）
책　　　　（書）	—————————— 這是書。	—————————— 這是書嗎？
나무　　　（樹）	—————————— 這是樹。	—————————— 這是樹嗎？
꽃　　　　（花）	—————————— 這是花。	—————————— 這是花嗎？
자전거　　（腳踏車）	—————————— 這是腳踏車。	—————————— 這是腳踏車嗎？
해바라기　（向日葵）	—————————— 那是向日葵。	—————————— 那是向日葵嗎？
아이스크림（冰淇淋）	—————————— 那是冰淇淋。	—————————— 那是冰淇淋嗎？

제6과 저희는 학생입니다.
第六課 我們是學生。

PART 1 課前學習

PART 2 初階學習

PART 3 進階學習

PART 4 附錄&解答

━━━━━■ 學習目標 ■━━━━━

人稱代名詞

（你、我、他、你們、我們、他們、大家）

◈ 韓文會話 `MP3 12`

소연 : 여러분들이 학생입니까?

상철 : 예, 저희가 학생입니다.

소연 : 그분들은 선생님입니까?

상철 : 예, 그분들은 선생님입니다.

◈ 會話翻譯

少妍：你們是學生嗎？

上徹：是的，我們是學生。

少妍：他們是老師嗎？

上徹：是的，他們是老師。

여러분들	大家
학생	學生
저희	我們
그분들	他們
선생님	老師

◈ 文法釋義

　　這一課我們將要學習的是韓文的人稱代名詞。韓文對話中提到「你、我、他」這類人稱代名詞的時候，必須要選擇單字的層級。也就是說，若是對方的地位比自己高、或者對方是長輩，那麼就必須使用敬語；若對方和自己是同輩、或者是地位及年紀比自己低或小，那麼便使用一般的等級。由此推演，韓文的人稱代名詞便有了如下的區別。

韓文「人稱代名詞」之尊卑用法

	你	你們	我	我們	他	他們	大家
敬語	당신	당신들			그분	그분들	여러분
一般	너 자네	너희들 자네들	나	우리	그/ 그 사람	그들/ 그 사람들	모두
謙卑語			저	저희			

如上面表格，韓文的人稱代名詞共分為3種，分別是「敬語」、「一般」及「謙卑語」。

「敬語」，尊敬對方的時候使用。例如：您、您們、他、他們、各位。

「一般」，對方與自己同輩、或年紀比自己小的時使用。例如：你、你們、他、他們、我、我們、大家。

「謙卑語」，用在貶低自己藉此提高對方地位的時候使用。例如：我（在下、敝人）、我們。

然而，要注意的是韓文的人稱代名詞當中，有某一些人稱代名詞和主格助詞或補助詞之間，有特定相關使用規則，並非所有人稱代名詞，皆可以自由搭配助詞使用。

韓文「人稱代名詞」搭配助詞之用法

	你	你們	我	我們	他	他們	大家
敬語	당신	당신들			그분	그분들	여러분
一般	너 자네	너희들 자네들	나는 내가	우리	그/ 그 사람	그들/ 그 사람들	다 다들
謙卑語			저는 제가	저희			

韓文人稱代名詞中的「我」，與主格助詞和補助詞之間有著特別的規定，其規則如下。

(1)一般：我 → 나＋는 [나＋가 (X)]
　　　　　　　내＋가 [내＋는 (X)]

(2)卑語：我→저+는 [저+가 (X)]

　　　　　　제+가 [제+는 (X)]

(3)나는 학생입니다. (O)；나가 학생입니다. (X)　　　我是學生。

　　내가 학생입니다. (O)；내는 학생입니다. (X)　　　我是學生。

　　저는 학생입니다. (O)；저가 학생입니다. (X)　　　我（在下）是學生。

　　제가 학생입니다. (O)；제는 학생입니다. (X)　　　我（在下）是學生。

◈ 文法練習

▶▶ 試著寫出正確的主格助詞與補助詞，並填入空格中。

中文：上徹是學生。　　　　　　上徹是學生嗎？

韓文：상철이 학생입니다.　　　　상철은 학생입니까?

中文：男生們是學生。　　　　　　男生們是學生嗎？

韓文：남자들＿＿＿ 학생입니다.　　남자들＿＿＿ 학생입니까?

· ·

▶▶ 選出正確的助詞。

①저(은, 는) 대만 사람입니다.；그(이, 가) 대만 사람입니다.

②그 사람(은, 는) 경찰입니다.；그 사람(이, 가) 경찰입니다.

③우리(은, 는) 학생입니까?；우리(이, 가) 학생입니까?

제7과 갑니까?

第七課 去嗎？

■ 學習目標 ■

(1)動詞＋語尾

(2)V＋格式體敬語語尾

◈ 韓文會話

MP3 14

소연 : 갑니까?

상철 : 예, 갑니다.

소연 : 먹습니까?

상철 : 예, 먹습니다.

◈ 會話翻譯

少妍：去嗎？

上徹：是的，去。

少妍：吃嗎？

上徹：是的，吃。

가다   去
먹다   吃

◈ 文法釋義

　　前面幾課我們學過了「이다＋格式體敬語語尾」，現在我們來
學習「Ｖ＋格式體敬語語尾」的用法。其實此二者的文法規則大致
相同，只是「이다」的特色是前面必須緊跟著名詞（N이다），而其
餘的動詞則沒有這個規定。

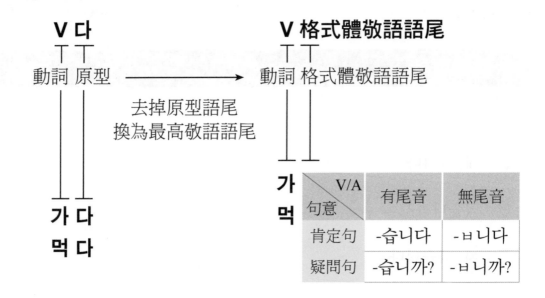

V/A 句意	有尾音	無尾音
肯定句	-습니다	-ㅂ니다
疑問句	-습니까?	-ㅂ니까?

◈ 文法練習

▶▶ 試著將下列動詞，依肯定句、疑問句形式，完成句子並填入空格中。

單字	肯定句 +습니다 +ㅂ니다	疑問句 +습니까? +ㅂ니까?
오다　　（來）		
보다　　（看）		
읽다　　（讀）		
듣다　　（聽）		
내리다　（下）		
내려가다（下去）		
공부하다（學習）		
운동하다（運動）		
계산하다（計算）		
운전하다（開車）		

▶▶ 試著完成下列對話。

혜영 : ＿＿＿＿＿＿＿＿＿＿＿＿＿＿＿＿＿?

상철 : 예, 읽습니다.

혜영 : 마십니까?

상철 : 예, ＿＿＿＿＿＿＿＿＿＿＿＿＿.

혜영 : 샤워합니까?

상철 : 예, ＿＿＿＿＿＿＿＿＿＿＿＿＿.

제8과 상철 씨가 갑니까?
第八課 上徹先生去嗎？

■ 學習目標 ■

(1)[主語＋主格助詞／補助詞]＋
[動詞＋語尾]
(2)S이/가、은/는＋V＋格式體敬語語尾

◈ 韓文會話
MP3 16

소연 : 상철 씨가 갑니까?

상철 : 예, 저는 갑니다.

소연 : 그 사람은 먹습니까?

상철 : 예, 그 사람은 먹습니다.

◈ 會話翻譯

少妍 : 上徹先生你去嗎？

上徹 : 是的，我去。

少妍 : 他吃嗎？

上徹 : 是的，他吃。

◈ 單字

-씨	對名字尊敬,先生或小姐
저	我
그 사람	那個人;他
가다	去
먹다	吃

◈ 文法釋義

　　上一課學過「動詞＋格式體敬語語尾」,這一課我們試著把主詞加入句子當中。當句子有主語的時候就需要有主格助詞,有動詞的時候就需要語尾,如此才能組合成一句簡單整齊的句子。

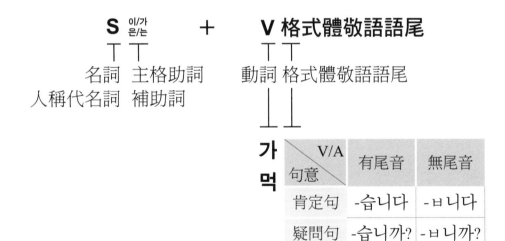

◈ 文法練習

▶▶ 試著將下列主詞、動詞搭配組合，依肯定句及疑問句形式，完成句子並填入空格中。

主詞	動詞		完成句子
형 （兄）	오다 （來）	肯定句	
		疑問句	
저희 （我們）	보다 （看）	肯定句	
		疑問句	
그 （他）	읽다 （讀）	肯定句	
		疑問句	
그들 （他們）	듣다 （聽）	肯定句	
		疑問句	
그분 （那位）	자다 （睡）	肯定句	
		疑問句	
당신 （您）	내려가다 （下去）	肯定句	
		疑問句	
자네 （你）	공부하다 （學習）	肯定句	
		疑問句	
우리 （我們）	운동하다 （運動）	肯定句	
		疑問句	
친구 （朋友）	계산하다 （計算）	肯定句	
		疑問句	
선생님 （老師）	운전하다 （開車）	肯定句	
		疑問句	

▶▶ 試著完成下列對話。

혜영 : _____?

상철 : 예, 친구가 읽습니다.

혜영 : 학생들이 마십니까?

상철 : 예, _____.

혜영 : 동생은 공부합니까?

상철 : 예, _____.

제9과 춥습니까?

第九課 冷嗎?

■ 學習目標 ■

(1)形容詞＋語尾

(2)A＋格式體敬語語尾

◈ 韓文會話
MP3 18

소연 : 춥습니까?

상철 : 예, 춥습니다.

소연 : 기쁩니까?

상철 : 예, 기쁩니다.

◈ 會話翻譯

少妍：冷嗎?

上徹：是的，冷。

少妍：開心嗎?

上徹：是的，開心。

◈ 單字

춥다	冷
기쁘다	開心

◈ 文法釋義

　　本課要學習的是簡單的「形容詞＋語尾」的表達方式，基本上和「動詞＋語尾」的用法相同。只要先將形容詞的原型語尾「다」去掉之後，再換上格式體敬語語尾即可。

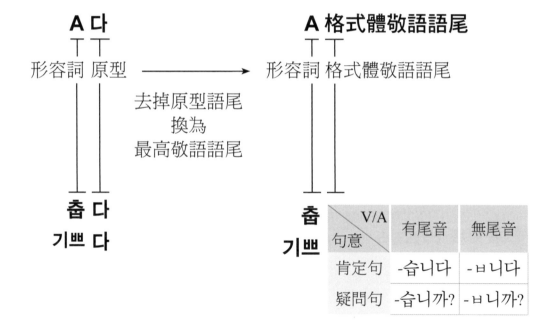

	V/A	有尾音	無尾音
肯定句		-습니다	-ㅂ니다
疑問句		-습니까?	-ㅂ니까?

◈ 文法練習

▶▶ 試著將下列形容詞，依肯定句、疑問句形式，完成句子並填入空格中。

單字	肯定句 +습니다 +ㅂ니다	疑問句 +습니까? +ㅂ니까?
깊다　　（深）		
많다　　（多）		
적다　　（少）		
슬프다　（悲傷）		
바쁘다　（忙）		
고프다　（餓）		
부르다　（飽）		
선선하다（清涼）		
시원하다（暢快）		
익살스럽다（狡猾）		

▶▶ 試著完成下列對話。

혜영 : ＿＿＿＿＿＿＿＿＿＿＿＿＿＿＿＿＿＿?

상철 : 예, 시원합니다.

혜영 : 만족합니까?

상철 : 예, ＿＿＿＿＿＿＿＿＿＿＿＿＿＿＿.

혜영 : 좋습니까?

상철 : 예, ＿＿＿＿＿＿＿＿＿＿＿＿＿＿＿.

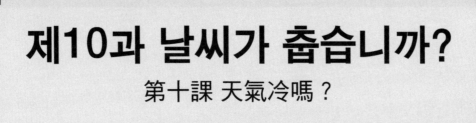

제10과 날씨가 춥습니까?

第十課 天氣冷嗎?

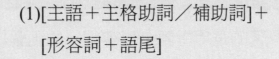

■ 學習目標 ■

(1)[主語＋主格助詞／補助詞]＋
　[形容詞＋語尾]
(2)S이/가、은/는＋A＋格式體敬語語尾

1
課前學習

PART
2
初階學習

PART
3
進階學習

PART
4
附錄＆解答

◈ 韓文會話

MP3 **20**

소연 : 날씨가 춥습니까?

상철 : 예, 날씨는 춥습니다.

소연 : 당신이 기쁩니까?

상철 : 예, 저는 기쁩니다.

◈ 會話翻譯

少妍：天氣冷嗎?

上徹：是的，天氣冷。

少妍：你開心嗎?

上徹：是的，我開心。

◈ 單字

MP3 **21**

날씨	天氣
춥다	冷
기쁘다	開心

◈ 文法釋義

　　本課要學習的是「主語＋形容詞」的詞彙組合型態，「主語＋形容詞＋語尾」的表達用法，和「主語＋不及物動詞＋語尾」是一樣的。

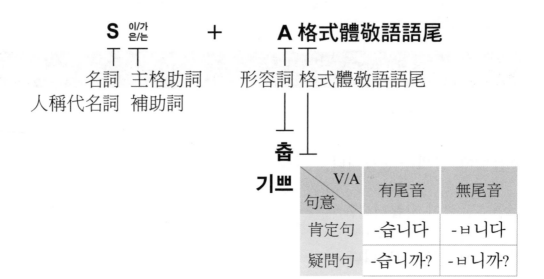

S 이/가
　은/는　　　　　　＋　　　A 格式體敬語語尾

名詞　主格助詞　　　形容詞　格式體敬語語尾
人稱代名詞　補助詞

춥
기쁘

句意　　V/A	有尾音	無尾音
肯定句	-습니다	-ㅂ니다
疑問句	-습니까?	-ㅂ니까?

94 · 제10과 날씨가 춥습니까?

◈ 文法練習

▶▶ 試著將下列主詞、形容詞搭配組合，依肯定句及疑問句形式，完成句子並填入空格中。

主詞	形容詞		完成句子
저 （我）	기쁘다 （高興）	肯定句	
		疑問句	
저희 （我們）	슬프다 （悲傷）	肯定句	
		疑問句	
당신 （您）	고프다 （餓）	肯定句	
		疑問句	
날씨 （天氣）	선선하다 （清涼）	肯定句	
		疑問句	
음료수 （飲料）	시원하다 （暢快）	肯定句	
		疑問句	
하늘 （天空）	흐리다 （陰霾）	肯定句	
		疑問句	
구름 （雲）	많다 （多）	肯定句	
		疑問句	
바람 （風）	세다 （強烈）	肯定句	
		疑問句	
해바라기 （向日葵）	예쁘다 （漂亮）	肯定句	
		疑問句	
장미꽃 （玫瑰花）	싸다 （便宜）	肯定句	
		疑問句	

▶▶ 試著完成下列對話。

혜영 : _____?

상철 : 예, 가방이 비쌉니다.

혜영 : 가방이 좋습니까?

상철 : 예, _____.

혜영 : 가방은 예쁩니까?

상철 : 예, _____.

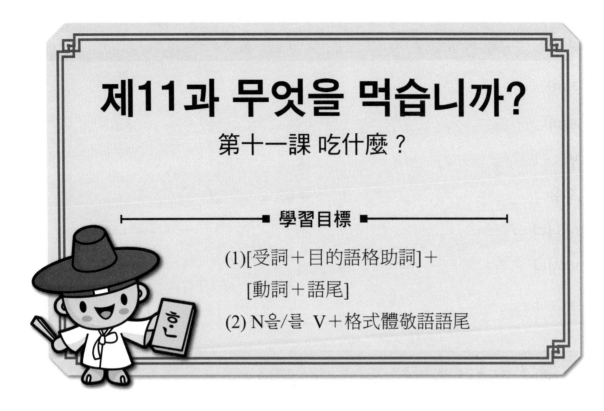

제11과 무엇을 먹습니까?

第十一課 吃什麼？

■ 學習目標 ■

(1)[受詞＋目的語格助詞]＋
　　[動詞＋語尾]

(2) N을/를 V＋格式體敬語語尾

◈ 韓文會話

MP3 22

소연 : 무엇을 먹습니까?

상철 : 밥을 먹습니다.

소연 : 우유를 마십니까?

상철 : 아닙니다. 물을 마십니다.

◈ 會話翻譯

少妍：吃什麼？

上徹：吃飯。

少妍：喝牛奶嗎？

上徹：不，喝水。

무엇	什麼
먹다	吃
밥	飯
우유	牛奶
아니다	不
마시다	喝
물	水

◈ 文法釋義

　　本課要學習的重點是目的語格助詞「을/를」的用法。韓文中，當一個句子出現受詞的時候，在受詞的後面就必須接著目地語（受詞）格助詞「을/를」。

「을」：加在有尾音的名詞後面
「를」：加在沒有尾音的名詞後面

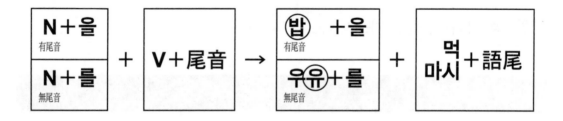

▶▶ 試著將下列受詞及動詞，搭配組合成肯定句及疑問句形式，完成句子並填入空格中。

受詞	動詞		完成句子
사과 （蘋果）	먹다 （吃）	肯定句	
		疑問句	
뉴스 （新聞）	보다 （看）	肯定句	
		疑問句	
신문 （報紙）	읽다 （讀）	肯定句	
		疑問句	
음악 （音樂）	듣다 （聽）	肯定句	
		疑問句	
텔레비전 （電視）	사다 （買）	肯定句	
		疑問句	
컴퓨터 （電腦）	하다 （做）	肯定句	
		疑問句	
얼굴 （臉）	때리다 （拍打）	肯定句	
		疑問句	
적군 （敵軍）	공격하다 （攻擊）	肯定句	
		疑問句	
한국어 （韓語）	예습하다 （預習）	肯定句	
		疑問句	
소주 （燒酒）	마시다 （喝）	肯定句	
		疑問句	

▶▶ 試著完成下列對話。

혜영 : _____?

상철 : 예, 일본 요리를 좋아합니다.

혜영 : 일본 소주를 마십니까?

상철 : 아닙니다, _____. (한국 소주)

혜영 : 한국어를 배웁니까?

상철 : 예, _____.

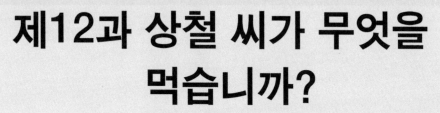

제12과 상철 씨가 무엇을 먹습니까?

第十二課 上徹先生吃什麼?

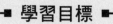

PART 1 課前學習
PART 2 初階學習
PART 3 進階學習
PART 4 附錄&解答

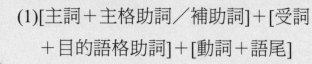

━━━━■ 學習目標 ■━━━━

(1)[主詞＋主格助詞／補助詞]＋[受詞
＋目的語格助詞]＋[動詞＋語尾]

(2) S이/가、은/는＋N을/를＋V＋
格式體敬語語尾

◈ 韓文會話　　　　　　　　　MP3 24

소연 : 상철 씨가 무엇을 먹습니까?

상철 : 저는 밥을 먹습니다.

소연 : 친구가 우유를 마십니까?

상철 : 아닙니다. 그는 물을 마십니다.

◈ 會話翻譯

少妍：上徹先生吃什麼?

上徹：我吃飯。

少妍：朋友喝牛奶嗎?

上徹：不,他喝水。

-씨	對名字尊敬，先生或小姐
무엇	什麼
먹다	吃
밥	飯
우유	牛奶
아니다	不
마시다	喝
물	水

◈ 文法釋義

　　本課要學習的是「S＋O＋V」的詞彙組合型態，綜合前面幾課所學習到的文法，我們可以得到以下的結論：

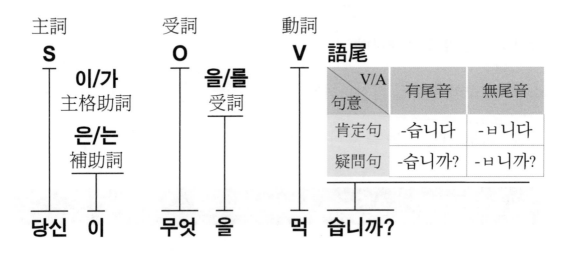

	主詞	受詞	動詞
	S	**O**	**V** 語尾

	이/가	을/를	
	主格助詞	受詞	
	은/는		
	補助詞		

V/A 句意	有尾音	無尾音
肯定句	-습니다	-ㅂ니다
疑問句	-습니까?	-ㅂ니까?

| 당신 이 | 무엇 을 | 먹 습니까? |

◈ 文法練習

▶▶ 試著將下列受詞及動詞，搭配組合成疑問句形式，完成句子並填入空格中。

受詞	動詞	完成句子
무엇 （什麼）	먹다（吃）	
	보다（看）	
	읽다（讀）	
	듣다（聽）	
	사다（買）	
	하다（做）	

▶▶ 試著將下列主詞及動詞，搭配組合成肯定句及疑問句形式，完成句子並填入空格中。

主詞	動詞		完成句子
학생 （學生）	먹다 （吃）	肯定句	
		疑問句	
선생님 （老師）	보다 （看）	肯定句	
		疑問句	
아버지 （爸爸）	읽다 （讀）	肯定句	
		疑問句	
친구 （朋友）	듣다 （聽）	肯定句	
		疑問句	
할아버지 （爺爺）	사다 （買）	肯定句	
		疑問句	
동생 （弟弟）	하다 （做）	肯定句	
		疑問句	

▶▶ 試著將下列主詞、受詞及動詞，搭配組合成肯定句及疑問句形式，完成句子並填入空格中。

主詞	受詞	動詞		完成句子
학생 （學生）	무엇 （什麼）	먹다 （吃）	肯定句	（無肯定句）
			疑問句	
선생님 （老師）	뉴스 （新聞）	보다 （看）	肯定句	
			疑問句	
아버지 （爸爸）	신문 （報紙）	읽다 （讀）	肯定句	
			疑問句	
친구 （朋友）	음악 （音樂）	듣다 （聽）	肯定句	
			疑問句	
할아버지 （爺爺）	텔레비전 （電視）	사다 （買）	肯定句	
			疑問句	
동생 （弟弟）	컴퓨터 （電腦）	하다 （做）	肯定句	
			疑問句	

▶▶ 試著完成下列對話。

혜영 : ＿＿＿＿＿＿＿＿＿＿＿＿＿＿＿＿＿＿?

상철 : 예, 철수 씨는 갑니다.

혜영 : 철수 씨는 무엇을 좋아합니까?

상철 : ＿＿＿＿＿＿＿＿＿＿＿＿＿＿＿＿＿. (한국 요리)

혜영 : 미진 씨는 옵니까?

상철 : 예, ＿＿＿＿＿＿＿＿＿＿＿＿＿＿＿＿＿.

혜영 : ＿＿＿＿＿＿＿＿＿＿＿＿＿＿＿＿?

상철 : 미진 씨는 딸기를 좋아합니다.

혜영 : 우리는 무엇을 먹습니까?

상철 : _____. (과일)

혜영 : 상철이 컴퓨터를 합니까?

상철 : 아닙니다. _____. (음악/듣다)

PART 1 課前學習

PART 2 初階學習

PART 3 進階學習

PART 4 附錄 & 解答

제13과 아침에 갑니까?
第十三課 早上去嗎?

■ 學習目標 ■

N에～

（N：時間名詞；에：副詞格助詞）

◈ 韓文會話
MP3 26

소연 : 아침에 갑니까?

상철 : 아닙니다. 오전에 갑니다.

소연 : 저녁에 돌아옵니까?

상철 : 아닙니다. 새벽에 돌아옵니다.

◈ 會話翻譯

少妍：早上去嗎?

上徹：不，上午去。

少妍：傍晚回來嗎?

上徹：不，凌晨回來。

◈ 單字

아침	早上
오전	上午
저녁	傍晚
돌아오다	回來
새벽	凌晨

◈ 文法釋義

　　「-에」是一個助詞，稱為副詞格助詞。這個助詞本身有許多文法功能，使用時須與名詞或名詞形搭配。本課要學習的，是下列第一項表示「時間點」的用法。

「-에」的意義：

(1)時間點：　　　　　　　N에～[N：為時間名詞]

(2)動作所及（到達）點：　N에＋V

　　　　　　　　　　　　[N：為場所名詞；V：為移動性動詞]

(3)原因：　　　　　　　　N에～[N：為一般名詞]

(4)每～：　　　　　　　　N에～[N：為量詞]

(5)被～：　　　　　　　　N에～[N：為一般名詞]

(6)在N上面添加～：　　　N에(다) [N：為一般名詞]

(7)羅列：　　　　　　　　N1에～N2에～[N：為一般名詞]

(8)行為接受者（給／對N～）：N에～

　　　　　　　　　　　　[N：為無情名詞（非人非動物名詞）]

PART 1 課前學習

PART 2 初階學習

PART 3 進階學習

PART 4 附錄&解答

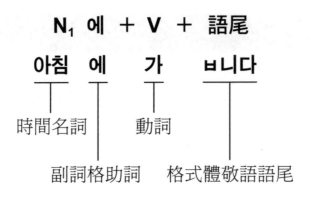

$$N_1 \text{에} + V + \text{語尾}$$

아침 에 가 ㅂ니다

時間名詞 ─── 動詞

副詞格助詞 ─── 格式體敬語語尾

◈ 文法練習

▶▶ 試著將下列時間名詞及動詞,搭配組合成肯定句及疑問句形式,完成句子並填入空格中。

時間名詞	動詞		完成句子
아침 (早上)	먹다 (吃)	肯定句	
		疑問句	
	보다 (看)	肯定句	
		疑問句	
오전 (上午)	읽다 (讀)	肯定句	
		疑問句	
	듣다 (聽)	肯定句	
		疑問句	
저녁 (晚上)	사다 (買)	肯定句	
		疑問句	
	하다 (做)	肯定句	
		疑問句	

▶▶ 試著將下列時間名詞、受詞及動詞,搭配組合成肯定句及疑問句
形式,完成句子並填入空格中。

時間名詞	受詞	動詞		完成句子
아침 (早上)	무엇 (什麼)	먹다 (吃)	肯定句	(無肯定句)
			疑問句	
오전 (上午)	뉴스 (新聞)	보다 (看)	肯定句	
			疑問句	
오후 (下午)	신문 (報紙)	읽다 (讀)	肯定句	
			疑問句	
저녁 (傍晚)	음악 (音樂)	듣다 (聽)	肯定句	
			疑問句	
밤 (晚上)	텔레비전 (電視)	사다 (買)	肯定句	
			疑問句	
새벽 (凌晨)	컴퓨터 (電腦)	하다 (做)	肯定句	
			疑問句	

▶▶ 試著完成下列對話。

혜영 : ＿＿＿＿＿＿＿＿＿＿＿＿＿＿＿＿＿＿？

상철 : 예, 아침에 갑니다.

혜영 : 밤에 무엇을 먹습니까?

상철 : ＿＿＿＿＿＿＿＿＿＿＿＿＿＿＿＿. (라면)

혜영 : 오후에 운동합니까?

상철 : 아닙니다. ＿＿＿＿＿＿＿＿＿＿＿＿＿. (공부하다)

혜영 : ＿＿＿＿＿＿＿＿＿＿＿＿＿＿＿? (샤워하다)

상철 : 아닙니다. 밤에 텔레비전을 봅니다.

PART 1 課前學習
PART 2 初階學習
PART 3 進階學習
PART 4 附錄&解答

제14과 아침에 학교에 갑니까?

第十四課 早上去學校嗎?

■ 學習目標 ■

N에＋V〜

（N：時間名詞／場所名詞；에：場
所副詞格助詞；V：移動性動詞）

◈ 韓文會話
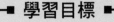

소연 : 아침에 학교에 갑니까?

상철 : 아닙니다. 오전에 학교에 갑니다.

소연 : 저녁에 집에 돌아옵니까?

상철 : 아닙니다. 새벽에 집에 돌아옵니다.

◈ 會話翻譯

少妍：早上去學校嗎?

上徹：不，上午去學校。

少妍：傍晚回家嗎?

上徹：不，凌晨回家。

◈ 單字

아침	早上
오전	中午
저녁	傍晚
돌아오다	回來
새벽	凌晨
학교	學校
집	家

◈ 文法釋義

　　本課要學習的，是在上一課所提到的「-에」的第二項功能，也就是表示「動作所及（到達）點」，而其用法為「N에＋V」（N為場所名詞；V為移動性動詞）。

　　上一課學習過的「-에」，是在它的前面是加上「時間名詞」，用來表示「時間點」，而本課則是學習在「-에」的前面加上「場所名詞」，在後面緊接著「移動性動詞」，表示「到達的地點」。

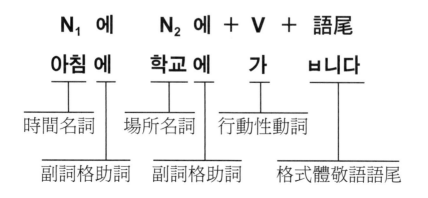

註：移動性動詞是指帶有「有移動動作性質的動詞」如：跑、飛、
　　跳、去、來……。

◈ 文法練習

▶▶ 試著將下列時間名詞、場所名詞及行動性動詞，搭配組合成肯定
句及疑問句形式，完成句子並填入空格中。

時間名詞	場所名詞	行動性動詞		完成句子
아침 （早上）	슈퍼마켓 （超市）	가다 （去）	肯定句	
			疑問句	
오전 （上午）	편의점 （超商）		肯定句	
			疑問句	
오후 （下午）	집 （家）		肯定句	
			疑問句	
	학원 （補習班）		肯定句	
			疑問句	
저녁 （傍晚）	타이완 （台灣）		肯定句	
			疑問句	
	미국 （美國）		肯定句	
			疑問句	
밤 （晚上）	백화점 （百貨公司）	오다 （來）	肯定句	
			疑問句	
	영화관 （電影院）		肯定句	
			疑問句	
새벽 （凌晨）	야시장 （夜市）		肯定句	
			疑問句	
	양명산 （陽明山）		肯定句	
			疑問句	

▶▶ 試著完成下列對話。

혜영 : _____?

상철 : 예, 아침에 한국에 갑니다.

혜영 : 저녁에 서울에 갑니까?

상철 : 아닙니다. _____. (오후/부산)

혜영 : 밤에 바다에 갑니까?

상철 : 아닙니다. _____. (밤/친구 집)

혜영 : _____? (새벽/대만/돌아오다)

상철 : 예, _____. (새벽/대만/돌아오다)

제15과 상철 씨가 아침에 학교에 갑니까?

第十五課 上徹先生早上去學校嗎?

──■ 學習目標 ■──

S＋N1에＋N2에＋V~（S：主語；
N：時間名詞／場所名詞；에：地
方副詞格助詞；V：移動性動詞）

◈ 韓文會話

소연 : 상철 씨가 아침에 학교에 갑니까?

상철 : 아닙니다. 저는 오전에 학교에 갑니다.

소연 : 그분은 저녁에 집에 돌아옵니까?

상철 : 아닙니다. 그분은 새벽에 집에 돌아옵니다.

◈ 會話翻譯

少妍 : 上徹先生早上去學校嗎?

上徹 : 不,我上午去學校。

少妍 : 他傍晚回家嗎?

上徹 : 不,他凌晨回家。

◈ 單字

아침	早上
오전	中午
저녁	傍晚
돌아오다	回來
새벽	凌晨
학교	學校
집	家

◈ 文法釋義

　　本課要學習的，是將前面兩課所學到有關「-에」的兩項文法功能合併起來，並且加上主語。

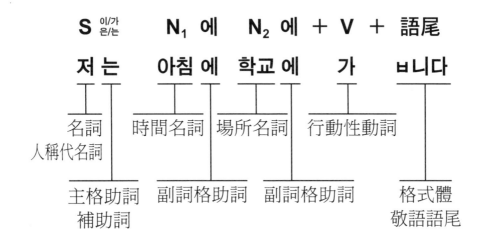

▶▶ 試著將下列動詞搭配正確語尾，完成肯定句及疑問句，並填入空格中。

動詞		完成句子
가다 （去）	肯定句	
	疑問句	
오다 （來）	肯定句	
	疑問句	
버리다 （丟掉）	肯定句	
	疑問句	
들어오다 （進來）	肯定句	
	疑問句	

▶▶ 試著將下列時間名詞及動詞，搭配組合成肯定句及疑問句形式，完成句子並填入空格中。

時間名詞	動詞		完成句子
아침 （早上）	가다 （去）	肯定句	
		疑問句	
오후 （下午）	오다 （來）	肯定句	
		疑問句	
밤 （晚上）	도착하다 （到達）	肯定句	
		疑問句	
새벽 （凌晨）	들어오다 （進來）	肯定句	
		疑問句	

▶▶ 試著將下列時間名詞、場所名詞及動詞，搭配組合成肯定句及疑問句形式，完成句子並填入空格中。

時間名詞	場所名詞	動詞		完成句子
아침 （早上）	도서관 （圖書館）	가다 （去）	肯定句	
			疑問句	
오후 （下午）	운동장 （操場）	오다 （來）	肯定句	
			疑問句	
밤 （晚上）	공항 （機場）	도착하다 （到達）	肯定句	
			疑問句	
새벽 （凌晨）	시장 （市場）	들어오다 （進來）	肯定句	
			疑問句	

▶▶ 試著將下列主詞、時間名詞、場所名詞、動詞做正確搭配，完成肯定句及疑問句，並填入空格中。

主詞	時間名詞	場所名詞	動詞
친구 （朋友）	아침 （早上）	도서관 （圖書館）	가다 （去）

完成句子	
肯定句	
疑問句	

主詞	時間名詞	場所名詞	動詞
선생님 （老師）	오후 （下午）	운동장 （操場）	오다 （來）

完成句子	
肯定句	
疑問句	

主詞	時間名詞	場所名詞	動詞
여자친구 （女朋友）	밤 （晚上）	공항 （機場）	도착하다 （到達）
完成句子			
肯定句			
疑問句			

主詞	時間名詞	場所名詞	動詞
손님들 （客人們）	새벽 （凌晨）	시장 （市場）	들어오다 （進來）
完成句子			
肯定句			
疑問句			

제16과 어디에서 갑니까?

第十六課 從哪裡去？

PART
1
課前學習

PART
2
初階學習

PART
3
進階學習

PART
4
附錄&解答

■ 學習目標 ■

N에서＋V～

（N：場所名詞；V：移動性動詞）

◈ 韓文會話

MP3 32

소연 : 어디에서 갑니까?

상철 : 학교에서 갑니다.

소연 : 기차역에서 출발합니까?

상철 : 아닙니다. 버스 정류장에서 출발합니다.

◈ 會話翻譯

少妍：從哪裡去？

上徹：從學校去。

少妍：從火車站出發嗎？

上徹：不，從公車站出發。

어디	哪裡
기차	火車
역	站
출발하다	出發
아니다	不
버스	公車
버스 정류장	公車站（牌）

◈ 文法釋義

　　本課的學習重點是副詞格助詞「-에서」的用法。「-에서」時常與「-에」產生混淆。「-에서」的用法大致如下所述，本課要學習的是下列第一項「表示動作的出發點」。

「-에서」的用法

(1)表示動作出發點：

　　N에서＋V [N為場所名詞；V為移動性動詞] → 從N～

(2)表示動作發生點：

　　N에서＋V [N為場所名詞；V為非移動性動詞] → 在N～

(3)表示複數主語：

　　N에서～[N為一般名詞，如團體機構等]

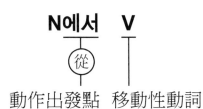

N에서　V
（從）　｜
動作出發點　移動性動詞

◈ 文法練習

▶▶ 試著將下列場所名詞及動詞，搭配組合成肯定句及疑問句形式，完成句子並填入空格中。

場所名詞	動詞		完成句子
도서관 （圖書館）	가다 （去）	肯定句	
		疑問句	
커피숍 （咖啡廳）	오다 （來）	肯定句	
		疑問句	
술집 （酒家）	출발하다 （出發）	肯定句	
		疑問句	
호텔 （飯店）	걸어오다 （走來）	肯定句	
		疑問句	

▶▶ 試著完成下列對話。

혜영 : ＿＿＿＿＿＿＿＿＿＿＿＿＿＿＿＿＿＿?

상철 : 예, 식당에서 갑니다.

혜영 : 어디에서 출발합니까?

상철 : ＿＿＿＿＿＿＿＿＿＿＿＿＿＿＿＿. （영화관）

혜영 : 어디에서 걸어옵니까?

상철 : _____. (슈퍼마켓)

혜영 : 미술관에서 걸어갑니까?

상철 : 아닙니다. _____. (박물관)

제17과 상철 씨가 어디에서 갑니까?

第十七課 上徹先生從哪裡去？

■ 學習目標 ■

S＋N에서＋V～（S：主語；
N：場所名詞；V：移動性動詞）

PART
1
課前學習

PART
2
初階學習

PART
3
進階學習

PART
4
附錄＆解答

◈ 韓文會話   MP3 34

소연 : 상철 씨가 어디에서 갑니까?

상철 : 저는 학교에서 갑니다.

소연 : 혜영 씨는 기차역에서 출발합니까?

상철 : 아닙니다. 혜영 씨는 버스 정류장에서 출발합니다.

◈ 會話翻譯

少妍：上徹先生從哪裡去？

上徹：我從學校去。

少妍：慧英小姐從火車站出發嗎？

上徹：不，慧英小姐從公車站出發。

어디	哪裡
기차	火車
역	站
출발하다	出發
아니다	不
버스	公車
버스 정류장	公車站（牌）
-씨	對名字尊敬，先生或小姐

◈ 文法釋義

　　本課的學習重點，乃延續上一課副詞格助詞「-에서」第一項「表示動作出發點」的用法，但增加了「加上主詞」的練習。

「-에서」的用法

(1)表示動作出發點：

N에서＋V [N：為場所名詞；V：為移動性動詞] → 從N～

(2)表示動作發生點：

N에서＋V [N為場所名詞；V為非移動性動詞] → 在N～

(3)表示複數主語：

N에서～[N為一般名詞，如團體機構等]

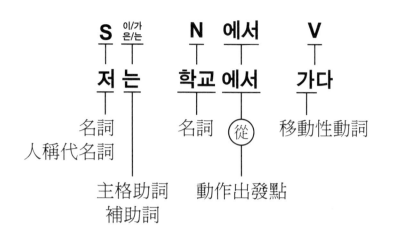

S 이/가은/는 N 에서 V

저 는 학교 에서 가다

名詞 / 人稱代名詞 — 主格助詞 / 補助詞

名詞 — (從) 動作出發點

移動性動詞

◈ 文法練習

▶▶ 試著將下列主詞、場所名詞及動詞，搭配組合成肯定句及疑問句形式，完成句子並填入空格中。

主詞	場所名詞	動詞		完成句子
우리 （我們）	도서관 （圖書館）	가다 （去）	肯定句	
			疑問句	
선생님들 （老師們）	커피숍 （咖啡廳）	오다 （來）	肯定句	
			疑問句	
그들 （他們）	술집 （酒家）	출발하다 （出發）	肯定句	
			疑問句	
혜영 씨 （慧英小姐）	호텔 （飯店）	걸어오다 （走來）	肯定句	
			疑問句	

▶▶ 試著完成下列對話。

혜영 : _____?

상철 : 예, 그분은 식당에서 갑니다.

혜영 : 아버지는 어디에서 출발합니까?

상철 : _____. (영화관)

혜영 : 친구들이 어디에서 걸어옵니까?

상철 : _____. (슈퍼마켓)

혜영 : 상철 씨는 미술관에서 걸어갑니까?

상철 : 아닙니다. _____. (박물관)

제18과 어디에서 먹습니까?

第十八課 在哪裡吃？

■ 學習目標 ■

N에서＋V～

（N：場所名詞；V：非移動性動詞）

◈ 韓文會話

MP3 36

소연 : 어디에서 먹습니까?

상철 : 학교 식당에서 먹습니다.

소연 : 학교 식당에서 일합니까?

상철 : 아닙니다. 일식집에서 아르바이트합니다.

◈ 會話翻譯

少妍：在哪裡吃？

上徹：在學校餐廳吃。

少妍：在學校餐廳工作嗎？

上徹：不，在日式餐廳打工。

PART 1 課前學習
PART 2 初階學習
PART 3 進階學習
PART 4 附錄＆解答

학교 식당	學校餐廳
먹다	吃
일하다	工作
일식집	日式餐廳
아르바이트(하다)	打工

◈ 文法釋義

　　本課的學習重點是延續上一課副詞格助詞「-에서」的用法，要學習的是下列第二項「表示動作發生點」。

「-에서」的用法：

(1)表示動作出發點：

　　N에서＋V [N：為場所名詞；V為移動性動詞]→ 從N～

(2)表示動作發生點：

　　N에서＋V [N：為場所名詞；V為非移動性動詞]→ 在N～

(3)表示複數主語：

　　N에서～[N：為一般名詞，如團體機構等]

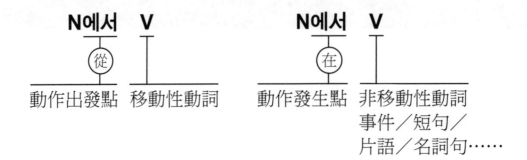

▶▶ 試著將下列時間名詞、地方名詞及行動性動詞,搭配組合成肯定
句及疑問句形式,完成句子並填入空格中。

場所名詞	動詞		完成句子
도서관 (圖書館)	공부하다 (學習)	肯定句	
		疑問句	
커피숍 (咖啡廳)	이야기하다 (聊天)	肯定句	
		疑問句	
노래방 (KTV)	노래하다 (唱歌)	肯定句	
		疑問句	
호텔 (飯店)	자다 (睡覺)	肯定句	
		疑問句	

▶▶ 試著完成下列對話。

혜영 : ＿＿＿＿＿＿＿＿＿＿＿＿＿＿＿＿＿＿＿?

상철 : 예, 중국집에서 식사합니다.

혜영 : 어디에서 주문합니까?

상철 : ＿＿＿＿＿＿＿＿＿＿＿＿＿＿＿＿＿. (카운터)

혜영 : 어디에서 운동합니까?

상철 : ＿＿＿＿＿＿＿＿＿＿＿＿＿＿＿＿＿. (운동장)

혜영 : 서울대공원에서 산책합니까?

상철 : 아닙니다. ＿＿＿＿＿＿＿＿＿＿＿＿＿. (한강 공원)

제19과 상철 씨가 어디에서 먹습니까?

第十九課 上徹先生在哪裡吃？

■ 學習目標 ■

S＋N에서＋V～（S：主詞；

N：場所名詞；V：非移動性動詞）

◈ 韓文會話   MP3 38

소연 : 상철 씨가 어디에서 먹습니까?

상철 : 저는 학교 식당에서 먹습니다.

소연 : 혜영 씨는 학교 식당에서 일합니까?

상철 : 아닙니다. 혜영 씨는 한국 식당에서 아르바이트합니다.

◈ 會話翻譯

少妍：上徹先生在哪裡吃？

上徹：我在學校餐廳吃。

少妍：慧英小姐在學校餐廳工作嗎？

上徹：不，慧英小姐在韓國餐廳打工。

◈ 單字

학교 식당	學校餐廳
먹다	吃
일하다	工作
한국 식당	韓國餐廳
아르바이트(하다)	打工

◈ 文法釋義

　　本課的學習重點乃延續上一課副詞格助詞「-에서」的用法，要學習的是第二項「表示動作開始點」，並練習在句中加上主詞。

「-에서」的用法：

(1)表示動作出發點：

　　N에서＋V [N為場所名詞；V為移動性動詞] → 從N～

(2)表示動作開始點：

　　N에서＋V [N：為場所名詞；V：為非移動性動詞] → 在N～

(3)表示複數主語：

　　N에서～[N為一般名詞，如團體機構等]

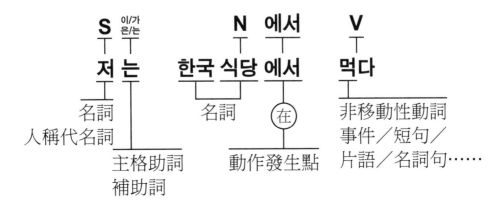

◈ 文法練習

▶▶ 試著將下列主詞、場所名詞及動詞，搭配組合成肯定句及疑問句形式，完成句子並填入空格中。

主語詞	場所名詞	動詞		完成句子
우리 （我們）	도서관 （圖書館）	공부하다 （學習）	肯定句	
			疑問句	
선생님들 （老師們）	커피숍 （咖啡廳）	얘기하다 （聊天）	肯定句	
			疑問句	
그들 （他們）	술집 （酒家）	일하다 （工作）	肯定句	
			疑問句	
혜영 씨 （慧英小姐）	호텔 （飯店）	강연하다 （演講）	肯定句	
			疑問句	
상철 씨 （上徹先生）	교회 （教會）	결혼하다 （結婚）	肯定句	
			疑問句	

▶▶ 試著完成下列對話。

혜영 : _____? (결혼하다)

상철 : 아닙니다. 그분은 교회에서 기도합니다.

혜영 : 선생님이 어디에서 식사합니까?

상철 : _____. (친구 집)

혜영 : 친구들이 슈퍼마켓에서 삽니까?

상철 : 아닙니다. _____. (편의점)

혜영 : 상철 씨는 화장실에서 청소합니까?

상철 : 아닙니다. _____. (기숙사)

▶▶ 試著把提示的單字組合成完整句子。

① 노래방/그 사람/노래하다

　　답：＿＿＿＿＿＿＿＿＿＿＿＿＿＿＿＿＿＿＿＿．

② 자다/집/선미 씨

　　답：＿＿＿＿＿＿＿＿＿＿＿＿＿＿＿＿＿＿＿＿．

③ 윤희/백화점/사다

　　답：＿＿＿＿＿＿＿＿＿＿＿＿＿＿＿＿＿＿＿＿．

PART
1
課前學習

PART
2
初階學習

PART
3
進階學習

PART
4
附錄＆解答

제20과 상철 씨가 아침에 어디에서 갑니까?

第二十課 上徹先生早上從哪裡去?

■ 學習目標 ■

S＋N에＋N에서＋V～

（S：主語；N：時間／場所名詞；

V：移動性動詞）

◆ 韓文會話
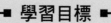

소연 : 상철 씨가 일요일에 어디에서 갑니까?

상철 : 저는 일요일 아침에 교회에서 갑니다.

소연 : 혜영 씨는 월요일에 집에서 출발합니까?

상철 : 아닙니다. 혜영 씨는 화요일 밤에 집에서 출발합니다.

◆ 會話翻譯

少妍：上徹先生星期日從哪裡去?

上徹：我星期日早上從教會去。

少妍：慧英小姐星期一從家裡出發嗎?

上徹：不，慧英小姐星期二晚上從家裡出發。

◈ 單字

요일	星期
교회	教會
일요일	星期日
월요일	星期一
화요일	星期二

註：星期一～日的表示方法為[日(일)、月(월)、火(화)、水(수)、木
(목)、金(금)、土(토)]＋曜日(요일)，中文的意思是「星期日、
星期一、星期二、星期三、星期四、星期五、星期六」。

◈ 文法釋義

　　本課將前面幾課所學的「N에」和「N에서」一起搭配運用。
「N에」表示時間點，「N에서」後面加上移動性動詞所以是表示動
作的出發點，兩者合在一起中文就是「某人某時從某地V」。

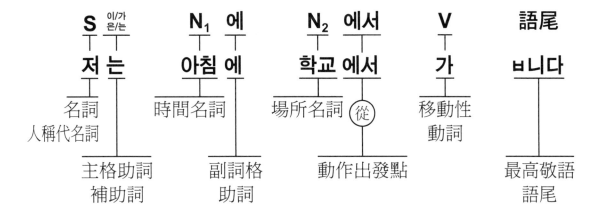

◈ 文法練習

▶▶ 試著將下列時間名詞、場所名詞及動詞，搭配組合成肯定句及疑問句形式，完成句子並填入空格中。

時間名詞	場所名詞	動詞		完成句子
월요일 （星期一）	도서관 （圖書館）	출발하다 （出發）	肯定句	
			疑問句	
화요일 （星期二）	커피숍 （咖啡廳）	걸어가다 （走去）	肯定句	
			疑問句	
일요일 （星期日）	술집 （酒家）	돌아오다 （回來）	肯定句	
			疑問句	
휴일 （公休日）	호텔 （飯店）	돌아가다 （回去）	肯定句	
			疑問句	
흉년 （荒年）	땅 （地）	사라지다 （消失）	肯定句	
			疑問句	

- -

▶▶ 試著完成下列對話。

혜영 : _____ ? (공원)

상철 : 아닙니다. 저는 저녁에 시장에서 갑니다.

혜영 : 선생님이 일요일에 어디에서 출발합니까?

상철 : _____ . (전통시장)

혜영 : 친구들이 언제 미국에서 돌아옵니까?

상철 : _____ . (화요일/오후)

혜영 : 상철 씨는 새벽에 집에서 걸어갑니까?

상철 : 아닙니다. _____ . (기숙사)

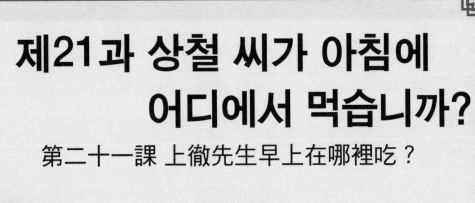

제21과 상철 씨가 아침에 어디에서 먹습니까?

第二十一課 上徹先生早上在哪裡吃？

━━■ 學習目標 ■━━

S＋N에＋N에서＋V～

（S：主語；N：時間／場所名詞；

V：非移動性動詞）

◈ 韓文會話

MP3 42

소연 : 상철 씨, 토요일에 어디에서 먹습니까?

상철 : 저는 토요일 아침에 태국 식당에서 먹습니다.

소연 : 혜영 씨는 수요일에 집에서 쉽니까?

상철 : 아닙니다. 혜영 씨는 목요일 오후에 집에서 쉽니다.

◈ 會話翻譯

少妍：上徹先生星期六在哪裡吃？

上徹：我星期六早上在泰國餐廳吃。

少妍：慧英小姐星期三在家休息嗎？

上徹：不，慧英小姐星期四下午在家裡休息。

◈ 單字

토요일	星期六
태국	泰國
수요일	星期三
목요일	星期四
쉬다	休息

◈ 文法釋義

　　本課將前面幾課所學的「N에」和「N에서」一起搭配使用。「N에」表示時間點,「N에서」後面加上非移動性動詞,所以是表示動作的發生地點,兩者合在一起中文就是「某人某時在某地V」。

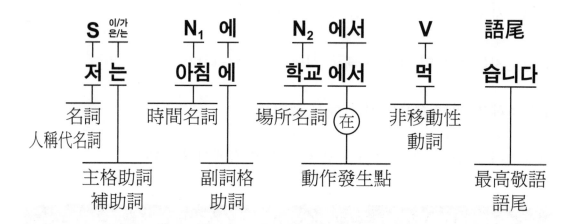

◈ 文法練習

▶▶ 試著將下列時間名詞、場所名詞及動詞，搭配組合成肯定句及疑問句形式，完成句子並填入空格。

時間名詞	場所名詞	動詞		完成句子
아침 （早上）	도서관 （圖書館）	공부하다 （學習）	肯定句	
			疑問句	
오후 （下午）	운동장 （操場）	운동하다 （運動）	肯定句	
			疑問句	
밤 （晚上）	공원 （公園）	산책하다 （散步）	肯定句	
			疑問句	
새벽 （凌晨）	샤워실 （洗澡室）	샤워하다 （洗澡）	肯定句	
			疑問句	

▶▶ 試著將下列主詞、時間名詞、場所名詞、動詞，搭配組合成肯定句及疑問句形式，完成句子並填入空格。

主詞	時間名詞	場所名詞	動詞
친구 （朋友）	아침 （早上）	도서관 （圖書館）	공부하다 （學習）

完成句子	
肯定句	
疑問句	

主詞	時間名詞	場所名詞	動詞
선생님 （老師）	오후 （下午）	수영장 （游泳池）	수영하다 （游泳）

完成句子	
肯定句	
疑問句	

主詞	時間名詞	場所名詞	動詞
여자친구 （女朋友）	밤 （晚上）	남대문 시장 （南大門市場）	쇼핑하다 （購物）
完成句子			
肯定句			
疑問句			

主詞	時間名詞	場所名詞	動詞
손님들 （客人們）	새벽 （凌晨）	시장 （市場）	사다 （買）
完成句子			
肯定句			
疑問句			

▶▶ 試著將下列主詞、時間名詞、場所名詞及動詞搭配組合，完成句子並翻譯填入空格。

① 친구/토요일/학교/가다

韓文句： _____

中文句： _____

② 저/오후/운동장/운동하다

韓文句： _____

中文句： _____

③ 월요일/공부하다/도서관/그 사람들

韓文句： _____

中文句： _____

④ 식사하다/금요일 밤/우리 가족/중국 식당

韓文句： _____

中文句： _____

제22과 저희가 학생이에요.
第二十二課 我們是學生。

■ 學習目標 ■

非格式體的敬語語尾——
敬語表達 I （N이에요 ; N예요）

◈ 韓文會話

MP3 **44**

소연 : 여러분은 친구예요?

상철 : 예, 저희는 친구예요.

소연 : 그분들은 선생님이에요?

상철 : 예, 그분들은 선생님이에요.

◈ 會話翻譯

少妍：各位是朋友嗎？

上徹：是的，我們是朋友。

少妍：他們是老師嗎？

上徹：是的，他們是老師。

◈ 單字

여러분	各位
학생	學生
저희	我們
그분들	他們
선생님	老師

◈ 文法釋義

　　韓文的敬語分為兩種，一種是「格式體敬語」，亦稱為「格式體」，主要用在正式場合、或是非常正式的書信公文往來。而另一種是「口語上使用的敬語」，亦稱為「非格式體」，主要用在對彼此較熟悉、或是較非正式場合。

　　而「口語上使用的敬語」大致又分為兩種，一種是「N이에요」、「N예요」的非格式體，另一種是「V아/어/여요」、「A아/어/여요」的非格式體。本課將先來學習「N이에요」、「N예요」的非格式體用法。

名詞的「格式體敬語」與「非格式體敬語」的用法比較

	極尊待（格式體敬語）	普通尊待（非格式體敬語）
用法區別	1.表達特別尊敬 2.用於正式書面報告	1.表達一般尊敬 2.用於一般口頭上的交談
組合類型 肯定	1.無尾音N＋-입니다 2.有尾音N＋-입니다	1.無尾音名詞＋-예요. 2.有尾音名詞＋-이에요.
組合類型 疑問	3.無尾音N＋-입니까? 4.有尾音N＋-입니까?	1.無尾音名詞＋-예요? 2.有尾音名詞＋-이에요?
例句 肯定	1.친구입니다.　是朋友。 2.학생입니다.　是學生。	1.친구예요.　　是朋友。 2.학생이에요.　是學生。
例句 疑問	1.친구입니까?　是朋友嗎？ 2.학생입니까?　是學生嗎？	3.친구예요?　　是朋友嗎？ 4.학생이에요?　是學生嗎？

◈ 文法練習

▶▶ 試著將下列「格式體敬語」改為「非格式體敬語」。

句型　　　單字	格式體敬語 N이다＋ㅂ니다 N이다＋ㅂ니까?	非格式體敬語 N이에요/예요 N이에요/예요?
선생님 （老師）	선생님입니다.	
	선생님입니까?	
친구 （朋友）	친구입니다.	
	친구입니까?	
과일 （水果）	과일입니다.	
	과일입니까?	
남자친구 （男朋友）	남자친구입니다.	
	남자친구입니까?	

▶▶ 試著將下列句子改為「N이에요/예요」的非格式體型態。

① 저는 학생입니다.

_____

② 우리는 친구입니다.

_____

③ 이것이 교과서입니다.

_____

④ 그것이 텔레비전입니다.

_____

⑤ 저희/대학생/이다

_____

⑥ 그분/한국어 선생님/이다

_____

⑦ 이다/그 사람/미국 사람

_____

제23과 상철 씨가 가요?

第二十三課 上徹先生去嗎？

■ 學習目標 ■

非格式體的敬語語尾——

敬語表達 II

（V아/어/여요；A아/어/여요）

◈ 韓文會話

MP3 46

소연 : 상철 씨가 가요?

상철 : 예, 저는 가요.

소연 : 그 사람은 먹어요?

상철 : 예, 그 사람은 먹어요.

◈ 會話翻譯

少妍：上徹先生去嗎？

上徹：是的，我去。

少妍：他吃嗎？

上徹：是的，他吃。

◈ 單字

-씨	對名字尊敬，先生或小姐
저	我
그 사람	他
가다	去
먹다	吃

◈ 文法釋義 I

　　本課要學習的是上一課中所提到的非格式體敬語語尾的第二種情形，也就是「V아/어/여요」、「A아/어/여요」的非格式體敬語型態。在上一課學習到「N이에요」、「N예요」的非格式體敬語，這一課則是有關動詞和形容詞加上非格式體敬語語尾相關用法。

　　動詞與形容詞的非格式體型態和名詞的非格式體型態不同，名詞非格式體主要是看名詞有無尾音來決定語尾型態，而動詞和形容詞則是牽涉到陽性母音和陰性母音的關係，所以基本上會有如下的分別。

動詞、形容詞的「格式體敬語」與「非格式體敬語」的用法比較

		極尊待（格式體敬語）	普通尊待（非格式體敬語）
用法區別		1.表達特別尊敬 2.用於正式書面報告	1.表達一般尊敬 2.用於一般口頭上的交談
句型	肯定	1.無尾音V/A＋-ㅂ니다 2.有尾音V/A＋-습니다	아요（接陽性母音） V/A＋어요（接陰性母音） 여요（接하다類單字）
	疑問	3.無尾音V/A＋-ㅂ니까? 4.有尾音V/A＋-습니까?	아요?（接陽性母音） V/A＋어요?（接陰性母音） 여요?（接하다類單字）

◈ 文法釋義 II

我們先依照上一段的說明來實際練習幾個例子。

(1) 갚다（償還）

① V＋格式體敬語：갚＋습니다 → 갚습니다
② V＋非格式體敬語：갚＋아요 → 갚아요

解析：

①是根據動詞有無尾音，來選擇格式體敬語的語尾型態。

②是根據動詞語幹的母音是為陽性母音或者是陰性母音，來決定非格式體語尾的型態。由於갚다的「갚」之母音是「ㅏ」，「ㅏ」屬於陽性母音，故選擇「아요」的語尾型態。

(2) 먹다 (吃)

①V＋格式體敬語：먹＋습니다 → 먹습니다
②V＋非格式體敬語：먹＋어요 → 먹어요

解析：

①是根據動詞有無尾音，來選擇格式體敬語的語尾型態。

②是根據動詞語幹的母音是為陽性母音或者是陰性母音，來決定非格式體語尾的型態。由於먹다的「먹」之母音是「ㅓ」，「ㅓ」屬於陰性母音，故選擇「어요」的語尾型態。

(3) 공부하다 (學習)

①V＋格式體敬語：공부하+ㅂ니다 → 공부합니다
②V＋非格式體敬語：공부하+여요 → 공부하여요 → 공부해요

解析：

①是根據動詞語幹最後音節有無尾音，來選擇格式體敬語的語尾型態。

②是根據動詞語幹的母音是陽性母音或是陰性母音，來決定非格式體語尾的型態。由於공부하다的「하」是屬於「하다」類專用的單字，所以這一類的單字並不會如上面兩種例子來決定語尾型態，而是有專屬的配備語尾型態，故選擇「여요」的語尾型態。另外要注意的是，當「하＋여요」時，要縮寫為「해요」。

▶▶ 試著將下列的「格式體敬語語尾」改為「非格式體敬語語尾」。

單字　　句型	格式體敬語	非格式體敬語
	V/A＋습니다/ㅂ니다	아요（接陽性母音） V/A＋어요（接陰性母音） 여요（接하다類單字）
높다 （高）	높습니다.	
	높습니까?	
읽다 （讀）	읽습니다.	
	읽습니까?	
넓다 （寬闊）	넓습니다.	
	넓습니까?	
얇다 （薄）	얇습니다.	
	얇습니까?	
사랑하다 （愛）	사랑합니다.	
	사랑합니까?	

▶▶ 試著將下列句子改為「V/A+아요/어요/여요」的非格式體型態。

① 저는 옷을 입습니다.

_____

② 우리는 밥을 먹습니다.

_____

③ 양명산이 높습니다.

_____

④ 한국 김치는 맛있습니다.

_____

⑤ 저희/사과/좋아하다

_____

⑥ 그분/여자친구/사랑하다

_____

⑦ 운전하다/그 사람

_____

◈ 文法釋義 III

以上是非格式體敬語的用法，但是在使用非格式體敬語時有一點需要注意，那就是「合併縮寫」的用法。

動詞和形容詞在非格式體型態有兩種用法，第一種是當動詞或形容詞有尾音時，那麼非格式體敬語的型態，就會如同上段文法釋義Ⅰ、Ⅱ中所解釋的那樣。

至於另一種，則是當動詞或者形容詞沒有尾音、非混合母音時，那麼就會和非格式體的敬語語尾型態合併縮寫。也就是說，當動詞或形容詞沒有尾音時，而其本身語幹的母音屬於下列其中任何一種情形，便會有合併縮寫的情況。

非格式體敬語語尾的合併縮寫

(1)	「ㅏ/ㅑ」： 가다（去）	→ 가＋아요	→ 가요 同性母音合併省略
(2)	「ㅓ/ㅕ」： 서다（站）	→ 서＋어요	→ 서요 同性母音合併省略
(3)	「ㅗ/ㅛ」： 오다（來）	→ 오＋아요	→ 와요 異性母音合併縮寫
(4)	「ㅜ/ㅠ」： 배우다（學習）	→ 배우＋어요	→ 배워요 異性母音合併縮寫
(5)	「ㅡ」： 쓰다（寫）	→ 쓰＋어요 → ㅆ＋어요	→ 써요「ㅡ」脫落之後與語尾母音合併縮寫
(6)	「ㅣ」： 마시다（喝）	→ 마시＋어요	→ 마셔요「ㅣ」＋「ㅓ」合併為「ㅕ」

(7)	「ㅚ」 : 되다（成為）	→ 되+어요	→ 돼요「ㅚ」＋「ㅓ」合併 為「ㅙ」
(8)	「ㅐ」 : 배다（滲透）	→ 배+어요	→ 배요「ㅐ」＋「ㅓ」合併 為「ㅐ」
(9)	「ㅟ」 : 뛰다（跑）	→ 뛰+어요	→ 뛰어요「ㅟ」＋「ㅓ」不 合併
(10)	「ㅔ」 : 세다（強）	→ 세+어요	→ 세요「ㅔ」＋「ㅓ」合併

◈ 文法練習Ⅲ

▶▶ 試著將下列單字，改寫成「格式體敬語」及「非格式體敬語」， 並填入空格。

句型 單字	格式體敬語 V/A＋습니다/ㅂ니다 습니까/ㅂ니까?	非格式體敬語（一般敬語） V/A＋ 아요 어요 여요
많다 （多）		
앉다 （坐）		
좋다 （好）		
있다 （有）		
공부하다 （讀書）		

시원하다 （涼爽）		
자다 （睡覺）		
오다 （來）		
보다 （看）		
마시다 （喝）		
내리다 （下）		
주다 （給）		
쓰다 （寫）		
바쁘다 （忙碌）		
쉬다 （休息）		

제24과 상철 씨, 내년에 한국에 가겠어요?

第二十四課 上徹先生明年將要去韓國嗎？

■ 學習目標 ■

未來時制先行語尾「-겠」的用法

◈ 韓文會話　　　　　　　　　　　　　　　MP3 48

소연 : 상철 씨, 내년에 한국에 가겠어요?

상철 : 네, 내년에 한국에 가겠습니다. 어학당에서 한국어를 배우겠습니다.

소연 : 언제 대만에 돌아오겠어요?

상철 : 내년 팔월에 다시 돌아오겠습니다.

◈ 會話翻譯

少妍：上徹先生明年將要去韓國嗎？

上徹：是的，明年我要去韓國了，在語學堂裡學習韓文。

少妍：什麼時候回台灣？

上徹：明年八月會再回來的。

◈ 單字

내년	明年
한국	韓國
어학당	語學堂
배우다	學習
돌아오다	回來
팔월	八月
다시	再次

◈ 文法釋義

S O V + 語尾	S O V + 語尾
沒有添加任何「時制先行語尾」，則為現在時制	添加未來時制先行語尾「-겠」，則為未來時制

　　韓語的未來時制，其表示方法是在動詞（語幹）後面加上「-겠」。

(1)나는 가겠다.　　　　我將去。　　（未來時制，非敬語）

(2)그는 밥을 먹겠다.　　他將吃飯。（未來時制，非敬語）

(3)저는 가겠습니다.　　我將去。　　（未來時制，敬語）

(4)그는 밥을 먹겠습니다. 他將吃飯。（未來時制，敬語）

◈ 文法練習

▶▶ 試著將下列題目以未來時制，依非敬語及敬語形式完成句子。

(1)나、책、읽다

  →（未來時制，非敬語）：＿＿＿＿＿＿＿＿＿＿＿＿＿＿

  →（未來時制，敬語）：＿＿＿＿＿＿＿＿＿＿＿＿＿＿

(2)내일、친구、학교、만나다

  →（未來時制，非敬語）：＿＿＿＿＿＿＿＿＿＿＿＿＿＿

  →（未來時制，敬語）：＿＿＿＿＿＿＿＿＿＿＿＿＿＿

. . . .

▶▶ 試著將下列單字以未來時制，依非敬語及敬語形式完成句子。

	未來時制＋格式體敬語語尾	未來時制＋非格式體敬語語尾
먹다 （吃）		
공부하다 （讀書）		
떠나다 （離開）		
제출하다 （提出）		
생각하다 （想）		
사랑하다 （愛）		
반성하다 （反省）		
운동하다 （運動）		

제25과 상철 씨, 저녁을 먹었어요?

第二十五課 上徹先生吃過晚餐了嗎?

■ 學習目標 ■

過去時制先行語尾「-았/었/였」的
用法

PART 1 課前學習

PART 2 初階學習

PART 3 進階學習

PART 4 附錄 & 解答

◈ 韓文會話

MP3 50

소연 : 상철 씨, 저녁을 먹었어요?

상철 : 네, 집에서 볶음밥을 먹었어요.

소연 : 그럼, 한국어 숙제를 썼어요?

상철 : 그럼요, 학교에서 숙제를 썼어요.

◈ 會話翻譯

少妍：上徹先生吃過晚餐嗎？

上徹：是的，在家裡吃過炒飯了。

少妍：那麼韓文功課都寫完了？

上徹：當然囉，在學校裡把功課寫完了。

저녁	晚餐；晚上
볶음밥	炒飯
숙제	功課
쓰다	寫
그럼	那麼
그럼요	當然

◆◆ 文法釋義

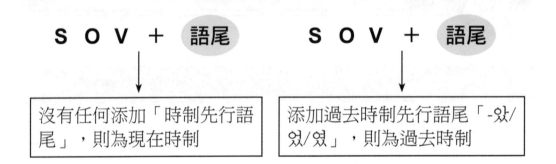

韓語的過去時制表示方法，是在動詞、形容詞（語幹）後面加上「-았/었/였」。此時必須注意前方動詞、形容詞語幹的母音是屬於陽性母音還是陰性母音，或者是否為「-하다」類型。

-았：陽性母音＋았
-었：陰性母音＋었
-였：「하다」＋였

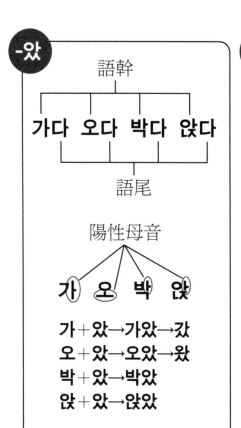

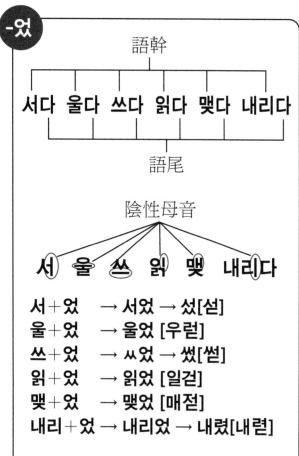

-았

語幹

가다 오다 박다 앉다

語尾

陽性母音

가 오 박 앉

가＋았→가았→갔
오＋았→오았→왔
박＋았→박았
앉＋았→앉았

-었

語幹

서다 울다 쓰다 읽다 맺다 내리다

語尾

陰性母音

서 울 쓰 읽 맺 내리다

서＋었　 → 서었 → 섰[섣]
울＋었　 → 울었 [우럳]
쓰＋었　 → ㅆ었 → 썼[썯]
읽＋었　 → 읽었 [일걷]
맺＋었　 → 맺었 [매젇]
내리＋었 → 내리었 → 내렸[내럳]

-였

語幹

하다　　하＋였→했

語尾

當一個單字是有兩個音節以上所組成，而且最後一個音節是由「一」所構成時，選擇陰性母音或者陽性母音搭配的條件，是語尾前面第二個音節。

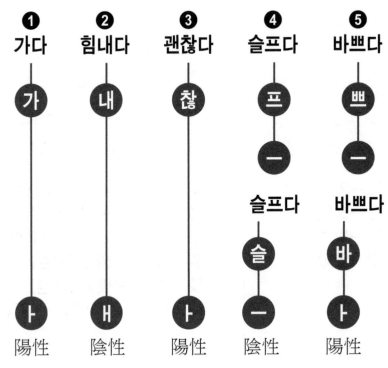

❶	❷	❸	❹	❺
가다	힘내다	괜찮다	슬프다	바쁘다
가	내	찮	프	쁘
			一	一
			슬프다	바쁘다
			슬	바
ㅏ	ㅐ	ㅏ	一	ㅏ
陽性	陰性	陽性	陰性	陽性

（以現在語法而言）

◈ 文法練習 I

▶▶ 試著將下列題目以過去時制，依非敬語及敬語形式完成句子。

(1)나、책、읽다

　　→（過去時制，非敬語）：＿＿＿＿＿＿＿＿＿＿＿＿＿＿＿

　　→（過去時制，敬語）：＿＿＿＿＿＿＿＿＿＿＿＿＿＿＿＿

(2)어제、친구、학교、만나다

　　→（過去時制，非敬語）：＿＿＿＿＿＿＿＿＿＿＿＿＿＿＿

　　→（過去時制，敬語）：＿＿＿＿＿＿＿＿＿＿＿＿＿＿＿＿

(3)試著將下列的單字依照提示改成適當時制。

	未來時制	過去時制
많다 （多）		
앉다 （坐）		
좋다 （好）		
있다 （有）		
공부하다 （讀書）		
시원하다 （涼爽）		
자다 （睡覺）		
오다 （來）		
보다 （看）		
마시다 （喝）		
내리다 （下）		
주다 （給）		
쓰다 （寫）		
바쁘다 （忙碌）		
쉬다 （休息）		

PART 3
進階學習

進階學習課程內容一覽表

內容\課程	句中（辭意添加類）	句尾（終結語尾類）	其他文法修辭類（句中／句尾）
第1課		(1)-이에요 　N＋이에요 　N＋예요 (2)-군요 　N（有尾音）＋이로군요 　N（無尾音）＋로군요 　N(이/가)＋아니로군요 　N＋時制＋군요 　V＋는군요 　V＋(으)시 　V＋時制＋군요 　A＋군요	(1)-고 싶다 　V＋고 싶다 (2)-께 　-에게/한테
第2課	(1)N＋(이)니까 (2)V/A＋(으)니까	(1)-ㄹ/을 거예요 　-ㄹ/을 것이에요 　-ㄹ/을 것입니다 　-ㄹ/을 겁니다	
第3課		(1)-지요 　N＋(이)지요 　V/A＋지요 　V/A＋時制＋지요	(1)V＋아/어/여 주다 (2)「ㄹ」的不規則用法（脫落）
第4課	(1)V＋(으)러＋가다 (2)V＋기 전에～	(1)V/A＋겠지요	
第5課		(1)-네요 　V/A＋네요 　V/A＋時制＋네요	(1)-ㄴ/는/은（冠型詞化） 　V＋ㄴ/는＋N 　A＋ㄴ/은＋N (2)「ㅂ」的不規則用法
第6課	(1)-때문에～ 　N＋때문에 　N＋이기 때문에 　A＋기 때문에 　V＋기 때문에		(1)못＋V (2)V＋아/어/여＋V 　V하다＋여＋空格＋V(주다)
第7課	(1)N＋보다 더～	(1)-ㄹ/을 것 같다 　N＋인 것 같다 　N＋이었을 것 같다 　V＋는 것 같다 　V＋ㄴ/는 것 같다 　V＋ㄹ/을 것 같다 　A＋ㄴ/은 것 같다 　A＋았/었을 것 같다 　A＋ㄹ/을 것 같다 (2)V/A지 않았다	

內容\課程	句中 （辭意添加類）	句尾 （終結語尾類）	其他文法修辭類 （句中／句尾）
第8課	(1)-ㄴ/는/은데 　N＋인데 　N＋이었는데/였는데 　V＋는데 　V＋時制＋는데 　A＋ㄴ/은데 　A＋時制＋는데	(1)-아/어야 하다 　V/A＋아/어야 하다	
第9課		(1)-ㄹ/을 줄 알다 　V＋ㄹ/을 줄 알다 　V＋ㄹ/을 줄 모르다	(1)「ㄹ」的不規則用法 （添加）
第10課	(1)-는 게 　V＋는 게	(1)-(이)라고 하다 　N＋(이)라고 하다 　X를/을 N(이)라고 하다	(1)-(으)로 유명하다 　N＋(으)로 유명하다
第11課	(1)-ㄴ/은 후에 　V＋ㄴ/은 후에	(1)V＋고 있다	(1)A＋아/어/여 지다
第12課	(1)-아/어/여도 　V＋아/어/여도 　A＋아/어/여도	(1)V/A＋-(으)면 안되다	(1)-아/어/여 보다 　V＋아/어/여 보다. 　V＋아/어/여 보았다
第13課	(1)-N(이)나 N(이)나～ (2)-고 나서～ 　V＋고 나서～		(1)N＋(이/가)끓다 (2)N＋(를/을)끓이다 （自動、他動之概念）
第14課	(1)-ㄴ/는/은지 　N＋인지 　N＋이었는지 　V＋는지[現在、過去] 　V＋時制＋는지[過去] 　V＋ㄹ/을[未來] 　A＋ㄴ/은지[現在] 　A＋ㄹ/를지[未來] (2)-지만～ 　N/V/A＋(이)지만～ (3)-(이)랑～ 　N＋(이)랑～		
第15課		(1)-니? 　N＋(이)니? 　V＋니? 　A＋(으)니? 　N/V/A＋時制＋니? (2)-아/어/여 　（非格式體下待法／半語） 　V/A＋어/아 　N＋이야	(1)-에 익숙해지다 　N＋에 익숙해지다

제1과 친구 집에 가요.

第一課 去朋友家。

■ 學習目標 ■

(1) -이에요/-예요 : 是~

(2) -군요 : ～呢！～啊！

(3) -고 싶다 : 想要～

(4) -께 : 「에게」的敬語

◈ 韓文會話

MP3 52

상철 : 소연 씨, 안녕하세요. 오래간만이에요.

소연 : 네, 안녕하세요. 어서 들어오세요.

상철 : 이거 받으세요.

소연 : 꽃이 참 예쁘군요! 감사합니다～

상철 : 아버님께 인사를 드리고 싶어요.

◈ 會話翻譯

上徹：少妍小姐，妳好。好久不見。

少妍：是的，好久不見，請進。

上徹：這個請收下。

少妍：花好美喔！謝謝～

上徹：我想跟令尊打個招呼。

◈ 單字

MP3 53

오래	好久
오래간만→오랜만	好久不見
어서	趕快
들어오다	進來
이거→이것	這個
꽃	花
참	真的
예쁘다	漂亮
-군	～呢
께	「에게」的敬語
인사	招呼
드리다	「給」的敬語；呈上
-고 싶다	想要～
지금	現在

| 집 | 家 |
| 계시다 | 「在」的敬語 |

◈ 文法練習

(1) -이에요/-예요：是～

在初階第二十二課（P.141）學習過此非格式體敬語的用法。

① N（有尾音）＋이에요
② N（無尾音）＋예요

A：저, 학생, 이다.

→저는 학생입니다. → 저는 학생이에요.

我是學生。

B：영희, 제, 친구, 이다.

→영희 씨는 제 친구입니다. → 영희 씨는 제 친구예요.

英姬小姐是我的朋友。

‥‥‥‥‥‥‥‥‥‥‥‥‥‥‥‥‥‥‥‥‥‥‥‥‥‥‥‥‥‥‥‥‥‥

▶▶ 試著用「-이에요/-예요（是～）」來完成下列句子。

C：저희, 아버지, 공무원, 이다.

→ _____ → _____

D：그것, 꽃, 아니다.

→ _____ → _____

(2) -군요：～呢！、～啊！

這是一種表示驚嘆的獨白終結語尾，是說話者對於某件事情表示首次知道，而驚訝感嘆的表現。此詞彙組合型態有許多表達方式，第一，與指定詞（是、不是）、動詞和形容詞搭配使用時用法有所不同；第二，與時間搭配使用時用法亦有所不同。

①이다/아니다＋군요
　　<이다/아니다>：N（有尾音）＋이로군요
　　　　　　　　　　N（無尾音）＋로군요
　　　　　　　　　　N（이/가）＋아니로군요
　　<動詞>　　　 ：V＋는군요
　　<形容詞>　　 ：A＋군요

註：現代韓文用法中「-로」已經很少使用，可以省略。

A：철수가 직업군인이로군요!　　　　　　哲修是職業軍人啊！

　　영민이 가정주부로군요!　　　　　　　英民是家庭主婦啊！

　　철수가 영민이의 남자친구가 아니로군요!　哲修不是英民的男朋友啊！

　　철수가 영민이를 사랑하는군요!　　　　哲修愛英民啊！

　　영민이는 참 행복하군요!　　　　　　　英民真是幸福啊！

▶▶ 試著用「-군요（～呢！、～啊！）」來完成下列句子。

B：당신도 관광학과 학생＿＿＿＿＿＿＿＿＿＿！

　　그는 미술학과의 교수＿＿＿＿＿＿＿＿＿！

　　당신이 바보가 아니＿＿＿＿＿＿＿＿＿＿！

　　술을 참 잘 마시＿＿＿＿＿＿＿＿＿＿＿！

　　오늘 당신이 참 아름답＿＿＿＿＿＿＿＿！

PART 1 課前學習

PART 2 初階學習

PART 3 進階學習

PART 4 附錄 & 解答

C : 그, 김선생님, 이다   → _____!

　　저 동물, 사자   → _____!

　　여기, 수영장, 아니다   → _____!

　　날씨, 정말, 좋다   → _____!

　　한국, 멀다   → _____!

②時制＋군요

　　＜過去＞ : -었/았/였군요

　　＜未來＞ : -겠군요

D : 회사원이<u>었군요</u>!　　　　曾經是上班族啊！

　　회사원이 아니<u>었군요</u>!　　不曾是上班族啊！

　　요리사<u>였군요</u>!　　　　　是廚師啊！

　　요리사가 아니<u>었군요</u>!　　不曾是廚師啊！

　　어제 떠<u>났군요</u>!　　　　　昨天離開的啊！

　　내일 오<u>겠군요</u>!　　　　　明天要來啊！

▶▶ 試著用「-군요（～呢！、～啊！）」的過去及未來時制來完成
下列句子。

E : 아～남자_____!（過去時制）

　　아～사장_____!（過去時制）

　　밥을 잘 먹_____!（過去時制）

　　내일 결혼하_____!（未來時制）

▶ 試著將下列單字依各種時制做變化，並完成表格。

F：

語尾　時制	單字	現在時制	過去時制	未來時制
이다	병원, 이다			
이다	천재, 이다			
動詞	자다			
形容詞	밝다			

(3) -고 싶다：想要～

此詞彙組合型態是以「V＋고 싶다」的形式來使用。

A：먹고 싶다. → 먹고 싶어요.

想吃。

집에 가고 싶다. → 집에 가고 싶어요.

想回家。

연애하고 싶다. → 연애하고 싶어요.

想談戀愛。

다이어트를 하고 싶다. → 다이어트를 하고 싶어요.

想減肥。

▶ 試著用「-고 싶다（想要～）」來完成下列句子。

B：점심을 ＿＿＿＿＿＿＿＿＿＿＿＿＿＿＿＿. (먹다)

→ ＿＿＿＿＿＿＿＿＿＿＿＿＿＿＿＿. (～＋아/어요)

음료수를 ＿＿＿＿＿＿＿＿＿＿＿＿＿＿. (사다)

→ ＿＿＿＿＿＿＿＿＿＿＿＿＿＿＿＿. (～＋아/어요)

PART 1 課前學習
PART 2 初階學習
PART 3 進階學習
PART 4 附錄＆解答

비행기를 _____. (타다)

→ _____. (～+아/어요)

남자친구와 _____. (헤어지다.)

→ _____. (～+아/어요)

결혼을 _____. (～하다.)

→ _____. (～+아/어요)

(4) -께：授予之對象。這是「-에게」的敬語。

A：아버지에게 물을 주다.　　　（例句原型）

給爸爸水。

→ 아버님께 물을 드리다.　　（單字敬語改變）

奉上水給爸爸。

→ 아버님께 물을 드려요.　　（現在時制句尾添加）

奉上水給爸爸。

→ 아버님께 물을 드렸어요.　（過去時制句尾添加）

奉上了水給爸爸。

‥‥‥‥‥‥‥‥‥‥‥‥‥‥‥‥‥‥‥‥‥‥‥‥‥‥‥‥‥‥

▶▶ 請利用「-께（-에게的敬語）」依照上列敬語、時制及添加句尾的變化來完成下列句子。

B：엄마에게 말을 하다.（例句原型）

→ _____.（單字敬語改變）

→ _____.（現在時制句尾添加）

→ _____.（過去時制句尾添加）

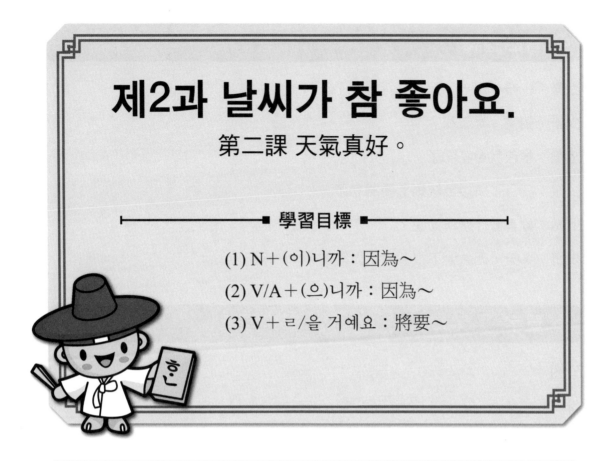

제2과 날씨가 참 좋아요.

第二課 天氣真好。

■ 學習目標 ■

(1) N＋(이)니까：因為～

(2) V/A＋(으)니까：因為～

(3) V＋ㄹ/을 거예요：將要～

PART
1
課前學習

PART
2
初階學習

PART
3
進階學習

PART
4
附錄&解答

◈ 韓文會話

MP3 54

상철 : 소연 씨, 오늘 날씨가 참 좋군요!

소연 : 예, 참 따뜻해요.

상철 : 금방 꽃이 피겠어요.

소연 : 삼월이니까 곧 필 거예요.

상철 : 무슨 계절을 제일 좋아해요?

소연 : 겨울이예요. 눈이 많이 오니까 정말 예뻐요.

上徹：少妍小姐，今天天氣真好呢！

少妍：對啊，好暖和。

上徹：很快就會花開了。

少妍：三月了所以應該馬上要開花了。

上徹：妳喜歡什麼季節呢？

少妍：冬天，因為會下很多雪所以很美。

◈ 單字　　　　　　　　　　　　　　MP3 55

날씨	天氣
참	真
좋다	好
-군요!	～呢！
예	是的
따뜻하다	溫暖
금방	馬上
피다	開（花）
삼월	三月
-(이)니까～	因為～
곧	就；立即
무슨	什麼
계절	季節

제일	最
좋아하다	喜歡
겨울	冬天
눈	雪
많다 → 形容詞；많이 → 副詞	多
오다	來
정말	真的
예쁘다	美麗

◈ 文法練習

(1) N＋(이)니까：表原因～（因為～）

表示說話者的「主觀」感覺、認知、或者判斷的理由。

A：오늘이 월요일이니까 학교에 가요.　　今天是星期一所以去學校。

B：리량이 울보니까 자주 울어요.　　俐良是愛哭鬼，常常哭。

▶▶ 試著用「N＋(이)니까（因為～）」來完成下列句子。

C：우리, 친구, 자주 만나다.

　　→ ＿＿＿＿＿＿＿＿＿＿＿＿＿＿＿＿＿.

D：오늘, 주말, 교회, 가다.

　　→ ＿＿＿＿＿＿＿＿＿＿＿＿＿＿＿＿＿.

(2) V/A＋(으)니까：表原因～（因為～）

表示說話者的「主觀」感覺、認知、或者判斷的理由。

A：지금 점심 시간이 다 되니까 배가 고파요.

因為現在到了午餐時間，所以肚子餓了。

B：많이 먹었으니까 배가 불러요.

因為吃了太多，所以肚子好飽。

▶▶ 試著用「V＋(으)니까（因為～）」來完成下列句子。

C：해, 뜨다, 날씨, 밝다. → _____.

D：눈, 오다, 참, 예쁘다. → _____.

註：形容詞和動詞的用法相同-A(으)니까～

(3) V＋ㄹ/을 거예요：將要～V

表示相關詞彙組合型態之演變。

A：＜1＞학교에 가다. 去學校。

　　＜2＞학교에 가겠다.　　　＜5＞학교에 갈 것이다.

　　＜3＞학교에 가겠습니다.　＜6＞학교에 갈 것입니다.

　　　　　　　　　　　　　　＜7＞학교에 갈 겁니다.

　　＜4＞학교에 가겠어요.　　＜8＞학교에 갈 것이에요.

　　　　　　　　　　　　　　＜9＞학교에 갈 거예요.

　　（＜2＞～＜9＞）將要去學校。

上列句子的詞彙組合型態演變各為：

<1>原型句子

<2>、<5>原型句子＋겠；原型句子＋ㄹ 것이다.

<3>、<6>格式體敬語

<4>、<8>非格式體敬語

<7>為<6>的縮寫

<9>為<8>的縮寫

. . . .

▶▶ 試著用「Ｖ＋ㄹ/을 거예요（將要～Ｖ）」將下列例句，依照組合型態演變來完成句子。

Ｂ：제가 내년에 결혼합니다.

　　<1>제가 내년에 결혼하겠다.（語尾為原型）

　　→ _____ .（-ㄹ 것이다）

　　<2>제가 내년에 결혼하겠습니다.（語尾為格式體）

　　→ _____ .（-ㄹ 것입니다）

　　→ _____ .（-ㄹ 겁니다）

　　<3>제가 내년에 결혼하겠어요.（語尾為非格式體）

　　→ _____ .（-ㄹ 것이에요）

　　→ _____ .（-ㄹ 거예요）

註：-겠：表示個人意志。

　　-을/ㄹ 것이다、-을/ㄹ 거예요：

　　第一人稱時表示「打算」，第三人稱時表示「猜測」。

제3과 전화 잘못 거셨어요.
第三課 打錯電話了。

■ 學習目標 ■

(1) V/A＋지요 : ～吧！

(2) V＋아/어/여 주다 : 給我、幫我

(3)「ㄹ」的不規則用法

◈ 韓文會話   MP3 56

소연 : 여보세요, 거기 어린이집이지요? 박 선생님 좀 바꿔 주세요.

아저씨 : 아니에요. 여기 식당이에요. 몇 번에 거셨어요?

소연 : 거기 0910-415-503번이 아니에요?

아저씨 : 아니에요. 전화 잘못 거셨어요.

소연 : 아 그래요? 죄송해요.

아저씨 : 괜찮아요.

◈ 會話翻譯

少妍：喂，請問那裡是安親班嗎？請朴老師聽電話。

大叔：不是喔，這裡是餐廳。您撥幾號呢？

少妍：那裡不是0910-415-503嗎？

大叔：不是的，您打錯了。

少妍：啊，這樣啊，對不起。

大叔：沒關係。

◈ 單字

여보세요	喂～
거기	那裡
어린이	小朋友
아저씨	大叔
식당	餐廳
번	號；番
걸다	打（電話）
名詞：잘못；副詞：잘못	錯誤
그렇다、그래요（그렇다＋어요而來）	那樣；是；好
죄송하다	對不起
괜찮다	沒關係
다음	下次
확인하다	確認

◈ 文法練習

(1) -지요：～吧！

這個終結語尾的詞彙組合型態可以和-이다／動詞／形容詞搭配使用，陳述時表示親切敘述，而出現在疑問時則是表示就自己的認知內容向聽話者確認。

> ① N＋(이)지요!
>
> ② V＋지요!
>
> ③ A＋지요!

A：그 사람이 학생이지요?   那個人是學生吧？

그 사람이 바보지요!   那個人是傻瓜吧！

선생님이 술을 드시지요?   老師喝酒吧？

선생님이 운동을 하시지요?   老師運動吧？

눈이 예쁘지요?   雪漂亮吧？

날씨가 좋지요?   天氣不錯吧？

▶▶ 試著用「-지요（～吧！）」來完成下列句子。

B：선생님이 세중의 아버님 _____?

선생님이 경찰이 아니 _____?

상철이 요리를 잘 하 _____?

한복은 아주 비싸 _____?

이 음료수가 참 시원하 _____?

그 모델의 몸매가 정말 좋 _____?

C：-지요＝-죠

이것이 사과<u>지요</u>? = 이것이 사과<u>죠</u>?   這是蘋果吧？

범인이 이 사람이<u>지요</u>?! = 범인이 이 사람이<u>죠</u>?!   犯人是這個人吧？！

물을 마시<u>지요</u>. = 물을 마시<u>죠</u>.   喝水吧。

학교가 크<u>지요</u>? = 학교가 크<u>죠</u>?   學校大吧？

註：可加入時制使用-겠지요、-았/었/였지요

(2) V＋아/어/여 주다：給我／幫我～V

此詞彙組合型態是指以委婉的態度要求或請求對方做某項動作。

A：가요.   走。

<u>가</u> 주어요.   給我走。

가세요.   請你走。

<u>가</u> 주세요.   請你給我走。

사랑해요.   愛／愛你。

사랑하세요.   請你愛／請你愛（我）。

사랑<u>해 주</u>세요.   請你愛我。

註：-V(으)세요   請V～

  -V아/어/여 주세요   請幫我V～；請給我V～

▶▶ 試著用「V＋아/어/여 주다（給我／幫我）」完成下列句子。

B：물을 마셔요.

물을 ＿＿＿＿＿＿＿＿＿＿＿＿＿＿＿＿＿. (＋주다)

전화를 해요.

전화를 ＿＿＿＿＿＿＿＿＿＿＿＿＿＿＿＿. (＋주다)

이 못을 벽에 박아요.

이 못을 ＿＿＿＿＿＿＿＿＿＿＿＿＿＿＿＿＿＿＿. (＋주다)

말씀을 하세요.

말씀을 해＿＿＿＿＿＿＿＿＿＿＿＿＿＿＿＿＿＿. (＋주다)

(3)「ㄹ」的不規則用法

所謂「ㄹ」的不規則用法包括了①「ㄹ」的添加，②「ㄹ」的脫落。本課的主旨在於第二項「ㄹ」脫落之用法。

「ㄹ」的脫落：

①當一個動詞或形容詞的語幹最後一個音節的終聲是「ㄹ」，遇上後一個音節是「으、을」時，則「으、을」就會脫落。

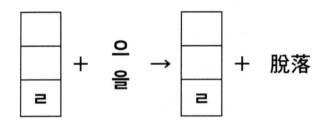

②當一個動詞或形容詞的語幹最後一個音節的終聲是「ㄹ」，遇上後一個音節是「오」時，則前音節終聲的「ㄹ」就會脫落。

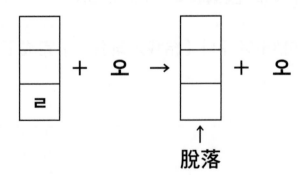

③當一個動詞或形容詞的語幹最後一個音節的終聲是「ㄹ」，遇上後一個音節初聲是「ㄴ、ㅂ、ㅅ」時，則前音節終聲的「ㄹ」就會脫落。

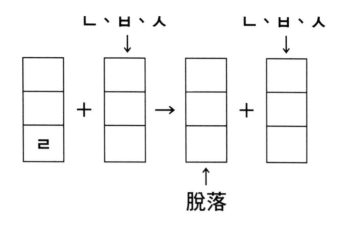

脫落

A：걸다（打 [電話]）

<1>걸다＋는다. → 거는다.

<2>걸다＋습니다. → 거＋ㅂ니다 → 겁니다.

<3>걸다＋으세요. → 거＋세요 → 거세요.

註：-A/V(으)시～的用法

先行語尾-(으)시是用來表示尊敬前面所接的形容詞或動詞所使用。

例：①제가 공부합니다.（○）　제가 공부하십니다.（✕）

　　　　　　　　　　　　　　不可以尊敬自己

　　②선생님이 공부합니다.（○）　선생님이 공부하십니다.（○）

　尊敬聽話者，沒有尊敬主語動作。　尊敬聽話者，也尊敬主語動作。

▶▶ 試著將下列動詞依語尾變化完成，並填入表格。

B：

	-는/ㄴ다	-습니다/ㅂ니다	-(으)세요
울다（哭）			
팔다（賣）			
놀다（玩）			

補充說明

　　「ㄹ」的脫落除了動詞的脫落規則之外，尚有名詞「ㄹ」的脫落。而此規則只發生在某些「名詞＋名詞」之間。規則如下：

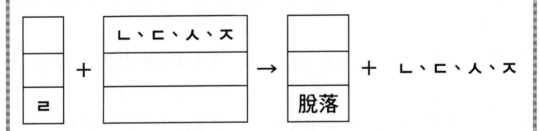

(1) 나날이（天天）　　　：날＋날＋이

(2) 여닫이（開門）　　　：열다＋닫다＋이 → 열＋닫＋이

(3) 마소 （馬牛＝牛馬）：말＋소

(4) 차조 （糯粟）　　　：찰＋조

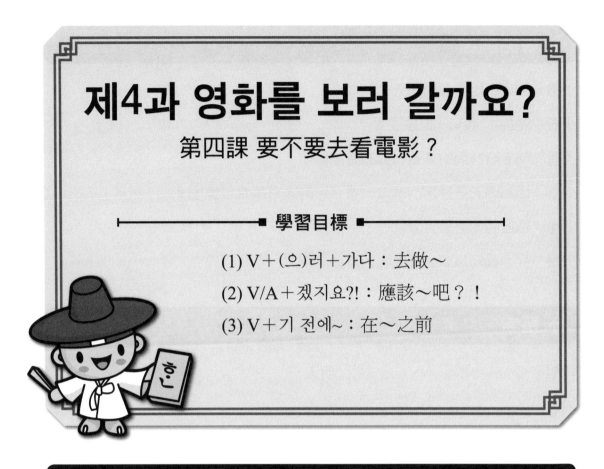

제4과 영화를 보러 갈까요?

第四課 要不要去看電影？

■ **學習目標** ■

(1) V＋(으)러＋가다 : 去做～

(2) V/A＋겠지요?! : 應該～吧？！

(3) V＋기 전에~ : 在～之前

PART
1
課前學習

PART
2
初階學習

PART
3
進階學習

PART
4
附錄&解答

◆ 韓文會話

MP3 58

상철 : 소연 씨, 내일 시간이 있으세요?

소연 : 예, 있어요. 왜요?

상철 : 내일 시간이 있으면 저와 같이 영화를 보러 갈까요?

소연 : 내일 주말이니까 구경하러 올 사람이 많겠지요?!

상철 : 영화가 시작하기 전에 표를 사면 돼요.

소연 : 네, 알겠어요. 그럼 내일 영화관 앞에서 만나요.

上徹：少妍小姐，請問明天有時間嗎？

少妍：是的，我有。怎麼了呢？

上徹：明天有時間的話要和我去看電影嗎？

少妍：因為明天是週末，所以來看電影的人應該會很多吧？

上徹：電影開始之前買票就行了。

少妍：好，我知道了。那麼明天電影院前見。

◆ 單字

MP3 59

내일	明天
시간	時間
왜	為什麼
N＋와 같이、N＋과 같이	與～一起～（N有尾音＋과，N無尾音＋와）
영화	電影
주말	週末
구경하다	觀賞
시작하다	開始
표	票
사다	買
되다	可以；行
알겠다	知道了
-V/A(으)면～	如果V／A的話～

영화관	電影院
앞	前面
만나다	見面
-V을/ㄹ 까요?	要不要一起～呢？

◈ 文法練習

(1) V＋(으)러＋가다：去做～

　　此詞彙組合型態的意思是「以什麼為目的而去實行」。前面的動詞為目的，後面動詞則為實行目的的方法與動作。

A：상철이 수영하러 갔어요.

上徹去游泳了。

소연이 밥을 먹으러 갔어요.

少妍去吃飯了。

그 사람이 친구를 만나러 갔어요.

他去見朋友了。

엄마가 동창회에 참가하러 가셨어요.

媽媽去參加同學會了。

▶▶ 試著用「V＋(으)러＋가다（去做）」以過去式型態完成下列句子。

할아버지가 샤워를 ＿＿＿＿＿＿＿＿＿＿＿＿＿. (하다)

미미가 만화책을 ＿＿＿＿＿＿＿＿＿＿＿＿＿. (사다)

선미가 일본 여행을 ＿＿＿＿＿＿＿＿＿＿＿＿＿. (하다)

미정이 점심을 ＿＿＿＿＿＿＿＿＿＿＿＿＿. (먹다)

B : 연필을 사러 문구점에 <u>가요</u>.   去文具店買鉛筆。

    결혼을 하러 성당에 <u>와요</u>.   來教堂結婚。

    친구를 만나러 공원에 <u>갔어요</u>.   去公園見朋友了。

    맛있는 김치를 먹<u>으러</u> 한국에 찾아<u>왔어요</u>.   來到韓國吃好吃的泡菜。

· ·

▶▶ 試著用「V＋(으)러＋가다（去做）」以現在式型態完成下列句子。

원숭이를 _____. (보다, 동물원)

밥을 _____. (먹다, 식당)

아신이 친구와 같이 _____. (등산하다, 대만)

생일 파티에 _____. (참가하다, 친구집)

(2) V/A＋겠지요?! : 表示對現實猜測之意思，中文為「應該～吧？！」

此詞彙組合型態是指以要求、幫忙、或委婉的態度，請對方做某項動作。

A : 우와～! 이 집이 참 크군요.   哇～!這房子真大啊！

    주인이 돈이 많<u>겠지요</u>?!   屋主應該很有錢吧？！

    영희의 어머님을 알아요?   認識英姬的媽媽嗎？

    아니요, 그분이 자상하시<u>겠지요</u>?!   不，她應該很慈祥吧？！

    소명이 참 뚱뚱해요.   小明真是胖。

    그래도 계속 먹<u>겠지요</u>?!   即使那樣應該還是繼續吃吧？！

    그 부부는 아이가 없어요.   那對夫婦沒有小孩。

    언제나 아이를 갖<u>겠지요</u>?!   早晚應該會有吧？！

▶▶ 試著用「V/A＋겠지요?!（應該～吧？！）」完成下列句子。

구름이 많으니까 오후에 비가 _____?! (오다)

돈이 있으면 자동차를 _____?! (사다)

시간이 많으면 여행을 _____?! (가다)

음요수를 많이 먹으면_____?! (아프다)

(3) V＋기 전에~：在～之前

A：밥을 먹기 전에 손을 씻어요.   在吃飯之前洗手。

학교를 가기 전에 아침을 먹어요.   在去學校之前吃早餐。

한국에 가기 전에 한국어를 배울 거예요.   在去韓國之前學習韓語。

집을 떠나기 전에 옷을 잘 입어요.   在離家之前穿好衣服。

▶▶ 試著用「V＋기 전에（在～之前）」完成下列句子。

B：비가 _____ 집에 갈거예요. (내리다)

선생님이 _____ 나가세요. (교실에 들어오다)

아빠가 _____ 방을 청소하세요. (돌아오다)

_____ 양치를 하세요. (잠을 자다)

C：수업을 듣다/예습하다

　→ 수업을 듣기 전에 예습하세요_____.

　영화를 보다/팝콘/사다

　→ _____.

　태풍/들어오다/음식/준비하다

　→ _____.

내년에 졸업할 겁니다. /유럽 여행을 가고 싶습니다.

→ _____ .

「Ｖ＋기 전에～（在～之前）」也可以和名詞搭配使用，變成「Ｎ＋전에～」的形式，但是並非所有名詞都可以搭配，必須是「時間性的名詞」或是「有動作持續性的名詞」。

A：3년 전에 한국에 왔어요. （년 → 年：時間性）

在3年前來到韓國。

4시 전에 집에 오세요. （시 → 時、點鐘：時間性）

請在4點之前回家。

식사 전에 식권을 사세요. （식사 → 食事、吃飯：動作性）

請在吃飯之前買飯票。

목욕 전에 욕조에 물을 채우세요. （목욕 → 沐浴：動作性）

請在沐浴之前將浴缸的水放滿。

▶▶ 試著用「Ｖ＋기 전에（在～之前）」搭配「時間性的名詞」或是「有動作持續性的名詞」完成下列句子。

B：시월/태풍/많다.

→ _____ .

추석/기차표/예매하다

→ _____ .

식사/약/먹다

→ _____ .

결혼/건강 검진/하다

→ _____ .

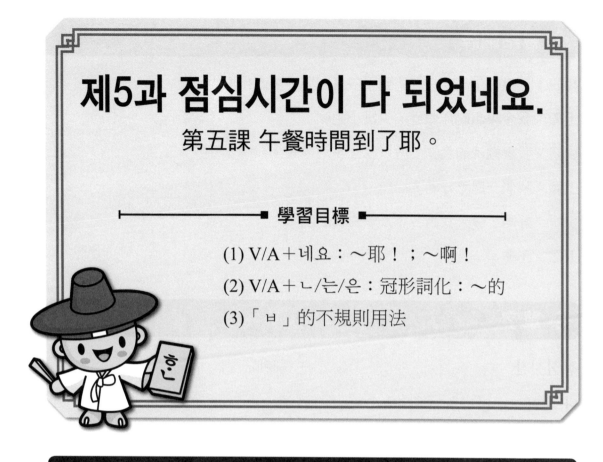

제5과 점심시간이 다 되었네요.

第五課 午餐時間到了耶。

■ 學習目標 ■

(1) V/A＋네요：～耶！；～啊！
(2) V/A＋ㄴ/는/은：冠形詞化：～的
(3)「ㅂ」的不規則用法

◈ 韓文會話

MP3 **60**

소연 : 상철 씨, 지금 점심시간이 다 되었네요. 뭘 먹을까요?

상철 : 전 오늘 짜장면을 먹고 싶어요. 소연 씨는요?

소연 : 저는 매운 음식을 좋아해요. 그래서 김치찌개를 주문하고 싶어요.

상철 : 우리는 같이 먹을까요?

소연 : 좋아요. 오늘 제가 쏘겠습니다. 학생 식당으로 가지요.

상철 : 고마워요.

◈ 會話翻譯

少妍：上徹先生，現在已經到了午餐時間，要吃什麼呢？

上徹：我今天想吃炸醬麵。少妍小姐呢？

少妍：我喜歡辣的食物，所以我想點泡菜鍋。

上徹：我們一起吃好嗎？

少妍：好啊，今天我請客，去學生餐廳吧。

上徹：謝謝。

◈ 單字

MP3 61

점심시간	午餐時間
다 되다	到了
짜장면	炸醬麵
맵다	辣
좋아하다	喜歡
그래서	所以
김치찌개	泡菜鍋
주문하다	點餐
쏘다	射（箭）；請客
학생 식당	學生餐廳
고맙다	謝謝
V/A을/ㄹ까요?	～嗎？；一起～嗎？
N은/는요?	那～呢？

(1) V/A＋네요：～耶！；～啊！

此語尾詞彙組合型態，是表示說話者對看到或者聽到的事情由於沒有預料到，而感到驚訝或感嘆的表達方式。

A：윤희가 남자친구와 헤어졌네요!　　允熙和男朋友分手了耶！

　　그는 화가 나서 정말 갔네요!　　他因為生氣真的走了耶！

　　그 만화책이 여기 있네요!　　那本漫畫書在這裡啊！

　　오늘 비가 많이 오네요.　　今天雨下得很大耶！

. . . .

▶▶ 試著用「V/A＋네요（～耶！；～啊！）」來完成下列句子。

생일 파티에 친구를 많이 ＿＿＿＿＿＿＿＿＿＿＿＿＿. (초대하다)

구름이 많이 ＿＿＿＿＿＿＿＿＿＿＿＿＿＿＿＿＿. (끼다)

그는 한국어를 ＿＿＿＿＿＿＿＿＿＿＿＿＿＿＿. (잘하다)

할아버지는 방에 ＿＿＿＿＿＿＿＿＿＿＿＿＿. (계시다)

B：미진이 그 남자와 아주 어울리네요.　　美珍和那個男子很相配耶！

　　그 강아지는 참 귀엽네요.　　那隻小狗真可愛啊！

　　오늘 날씨가 정말 좋네요.　　今天天氣真好啊！

　　선생님이 오늘 참 멋지시네요.　　老師今天真帥氣啊！

. . . .

▶▶ 試著用「V/A＋네요（～耶！；～啊！）」來完成下列句子。

101 건물이 참 ＿＿＿＿＿＿＿＿＿＿＿＿＿＿＿. (높다)

학교에서 공원까지 ＿＿＿＿＿＿＿＿＿＿＿＿＿. (가깝다)

이 아기가 정말 _____. (예쁘다)

눈이 정말 하얀색 _____. (이다)

(2) -ㄴ/는/은（冠型詞化）：〜的

　　此詞彙組合型態，是將冠形詞形語尾「-ㄴ/는/은」接在「動詞、形容詞」語幹後面，用來修飾名詞，類似冠形詞的功能。翻譯時相當於中文的「〜的」。

①動詞類

時制＼單字	開音節 가다（走）	閉音節 박다（釘）
現在時制	가＋는→가는	박＋는→박는
過去時制	가＋ㄴ→간	박＋은→박은

A : 지금 떠나는 그 사람이 영민이 아니지요?

　　現在離開的那個人不是英民吧？

　　어제 떠난 그 사람이 영민이 아니지요?

　　昨天離開得那個人不是英民吧？

　　그 일은 제가 한 것이었어요.

　　那件事是我做的。

　　그는 피아노를 잘 치는 신동이네요.

　　他是很會彈鋼琴的神童耶！

. . . .

▶▶ 試著用「-ㄴ/는/은（〜的）」來完成下列句子。

B : 한국은 눈이 _____ 나라예요. (내리다)

　　공원은 아이들이 _____ 장소예요. (놀다)

　　그는 잘 _____ 아이였어요. (울다)

이것이 제가 _____ 빵이네요. (좋아하다)

영민이는 요리를 _____ 엄마가 다 됐네요. (잘하다)

돈을 _____ 사람은 바로 그 사람이에요. (훔쳐가다)

그를 _____ 사람은 저였어요. (때리다)

②形容詞類

時制 ＼ 單字	開音節 이쁘다（美麗）	閉音節 밝다（明亮）
現在時制	이쁘＋ㄴ → 이쁜	밝＋은 → 밝은
過去時制	其他表現方式	其他表現方式

C：콜라는 참 시원한 음료수이네요.　　可樂真是涼爽的飲料啊！

　　그녀는 냉담한 여자였어요.　　　　她曾是冷漠的女生。

　　구름이 없고 밝은 하늘이로군요.　　真是萬里無雲晴朗的天空啊！

　　몸매가 좋은 모델이 지나갔어요.　　身材很好的模特兒走了過去。

　　찬 커피를 한 잔 주세요.　　　　　請給我一杯冷咖啡。

▶▶ 試著用「-ㄴ/는/은（～的）」來完成下列句子。

D：장미는 _____ 꽃이에요. (예쁘다)

　　키가 _____ 사람은 농구를 잘해요. (크다)

　　이것은 아주 _____ 선물입니다. (비싸다)

　　너무 _____ 물건은 좋지 않아요. (싸다)

　　내가 _____ 사탕을 좋아해요. (달다)

註：V/A 지 않다　　不V/A

　　　否定用法中的一種。

　　　例：가다.⟷가지 않다.　　去⟷不去

　　　　　춥다.⟷춥지 않다.　　冷⟷不冷

(3) 「ㅂ」的不規則用法

以「ㅂ」作為閉音節的部分動詞和形容詞，當它們在與其他語尾詞彙組合，或者與其他助詞搭配使用的時候會產生變化。此時「ㅂ」將變成「우」。

「ㅂ」會變成「우」的動詞，稱為不規則動詞或形容詞，不會變的則稱為規則動詞或形容詞。

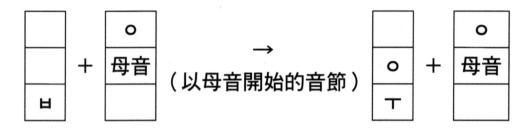

①不規則動詞

型態 單字	與詞彙組合型態搭配時			
	+(으)니까	+아/어/여서	+은/ㄴ	+아/어/여요
굽다 （烤）	굽 구우 구우니까	굽 구우 구워서	굽 구우 구운	굽 구우 구워요
눕다 （躺）	눕 누우 누우니까	눕 누우 누워서	눕 누우 누운	눕 누우 누워요
줍다 （撿）	줍 주우 주우니까	줍 주우 주워서	줍 주우 주운	줍 주우 주워요

（尚有其他動詞）

②規則動詞

單字＼型態	與詞彙組合型態搭配時			
	＋(으)니까	＋아/어/여서	＋는/은/ㄴ	＋아/어/여요
뽑다 （選／抽）	뽑 뽑으니까	뽑 뽑아서	뽑 뽑는/뽑은	뽑 뽑아요
씹다 （咀嚼）	씹 씹으니까	씹 씹어서	씹 씹는/씹은	씹 씹어요
업다 （背）	업 업으니까	업 업어서	업 업는/업은	업 업어요

（尚有其他動詞）

③例外特殊不規則動詞

單字＼型態	與詞彙組合型態搭配時			
	＋(으)니까	＋아/어/여서	＋은/ㄴ	＋아/어/여요
돕다 （幫助）	돕 도우 도우니까	돕 도오 도와서	돕 돕는/돕은	돕 도오 도와요

（目前只有此動詞）

④不規則形容詞

單字＼型態	與詞彙組合型態搭配時			
	＋(으)니까	＋아/어/여서	＋ㄴ/은	＋아/어/여요
고맙다 （謝謝）	고맙 고마우 고마우니까	고맙 고마우 고마워서	고맙 고마우 고마운	고맙 고마우 고마워요
반갑다 （高興）	반갑 반가우 반가우니까	반갑 반가우 반가워서	반갑 반가우 반가운	반갑 반가우 반가워요
맵다 （辣）	맵 매우 매우니까	맵 매우 매워서	맵 매우 매운	맵 매우 매워요

（尚有其他形容詞）

PART 1 課前學習
PART 2 初階學習
PART 3 進階學習
PART 4 附錄&解答

⑤規則形容詞

型態 單字	與詞彙組合型態搭配時			
	＋(으)니까	＋아/어/여서	＋ㄴ/은	＋아/어/여요
넓다 （寬廣）	넓 으니까	넓 넓어서	넓 넓은	넓 넓어요
좁다 （窄）	좁 좁으니까	좁 좁아서	좁 좁은	좁 좁아요

（目前只有此二形容詞）

⑥例外特殊不規則形容詞

型態 單字	與詞彙組合型態搭配時			
	＋(으)니까	＋아/어/여서	＋ㄴ/은	＋아/어/여요
곱다 （好／美 好）	곱 고우 고우니까	곱 고오 고워서	곱 고우 고운	곱 고오 고와요

（目前只有此形容詞）

註：目前韓語中只有「돕다」和「곱다」2個單字的用法較特殊。

$$\begin{matrix} 돕 \\ 곱 \end{matrix} + 아/어/여 \rightarrow \begin{matrix} 도오 \\ 고오 \end{matrix} + 아/어여$$

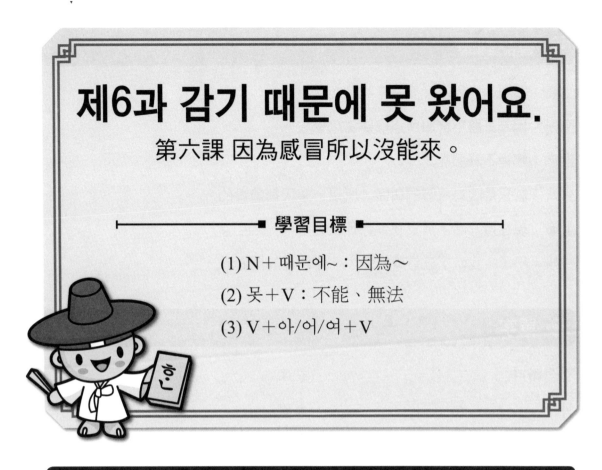

제6과 감기 때문에 못 왔어요.

第六課 因為感冒所以沒能來。

■ 學習目標 ■

(1) N＋때문에~ : 因為~
(2) 못＋V : 不能、無法
(3) V＋아/어/여＋V

◈ 韓文會話

MP3 62

상철 : 소연 씨, 어제 왜 결석했어요?

소연 : 몸이 좀 아파서 학교에 못 왔어요.

상철 : 어디가 아프세요?

소연 : 그냥 감기 때문에 하루 종일 어지러웠어요.

상철 : 지금은 괜찮아요? 뭘 해 줄까요?

소연 : 아니요. 감기약을 먹었으니까 괜찮아요. 걱정해 줘서 고마워요.

上徹：少妍，昨天為什麼沒來呢？

少妍：因為身體不舒服所以沒辦法來學校。

上徹：哪裡不舒服呢？

少妍：就只是因為感冒的關係，所以一整天都暈暈的。

上徹：現在還好嗎？需要我幫你什麼嗎？

少妍：不了，我吃了感冒藥好多了。謝謝你的關心。

◈ 單字   MP3 63

결석하다	缺席
몸	身體
아프다	疼痛
못 오다	無法來
어디	哪裡
그냥	只是；沒什麼
감기	感冒
하루종일	一整天
어지럽다	暈眩
괜찮다	還好
감기약	感冒藥
걱정	擔心

(1) -때문에：因為～

此詞彙組合型態也是表現「原因、理由」的句型。可與名詞搭配，亦可與動詞和形容詞搭配，只是形式有些不同。

①N＋때문에

②N＋이기 때문에

③V＋기 때문에

④A＋기 때문에

① N＋때문에：因為～

A：날씨 때문에 놀지 못했어요.　　　因為天氣的關係所以沒辦法玩。

　　사랑 때문에 미쳐버렸어요.　　　因為愛情所以神智不清。

　　여자친구 때문에 많이 아팠어요.　因為女朋友受了很多傷。

　　숙제 때문에 도서관에 갔어요.　　因為作業去了圖書館。

▶▶ 試著用「N＋때문에（因為～）」來完成下列句子。

B：＿＿＿＿＿＿ 때문에 ＿＿＿＿＿＿＿＿. (남자친구/파마하다)

　　＿＿＿＿＿＿ 때문에 ＿＿＿＿＿＿＿＿. (엄마/요리를 배우다)

　　＿＿＿＿＿＿ 때문에 ＿＿＿＿＿＿＿＿. (돈/머리 아프다)

　　＿＿＿＿＿＿ 때문에 ＿＿＿＿＿＿＿＿. (비/우울하다)

② N＋이기 때문에：因為是~

A：군인이기 때문에 그 일을 할 수 없어요.　　因為是軍人沒辦法做那件事。

　　선생님이시기 때문에 때릴 수가 없어요.　　因為是老師沒辦法打。

　　대통령이기 때문에 바쁘시죠.　　　　　　因為是總統所以忙碌吧。

　　착한 아이이기 때문에 사랑해요.　　　　因為是乖巧的孩子所以疼愛。

‧‧‧

▶▶ 試著用「N＋이기 때문에（是因為~）」來完成下列句子。

B：오빠 _____ 참았어요.

　　어린이 _____ 안 때렸어요.

　　환자 _____ 말을 안 했어요.

　　바쁜 사람 _____ 시간이 없어요.

註：안＋V/A　　不V/A

　　是否定的一種用法。

　　例：①이쁘다. ←→ 안 이쁘다.　美 ←→ 不美

　　　　②가다. ←→ 안 가다.　　　去 ←→ 不去

③ V＋기 때문에：因為~

A：비가 오기 때문에 집에 있어요.

　　因為下雨所以待在家。

　　시험이 있기 때문에 공부해요.

　　因為有考試所以讀書。

　　그는 사람을 때렸기 때문에 경찰소에 갔어요.

　　因為打了那個人所以去了警察局。

　　친구와 싸웠기 때문에 우울했어요.

　　因為和朋友吵架所以鬱悶。

▶▶ 試著用「V＋기 때문에（因為～）」來完成下列句子。

B：오빠가 ＿＿＿＿＿＿＿＿＿＿＿＿＿＿＿＿참았어요.　　　（말하다）

　　어린이가 ＿＿＿＿＿＿＿＿＿＿＿＿＿＿조용해요.　　（자다）

　　환자가 ＿＿＿＿＿＿＿＿＿＿＿＿＿말을 안 했어요. （걱정하다）

　　사람들이 ＿＿＿＿＿＿＿＿＿＿＿＿맛있겠지요! （먹다）

註：안 V/A았/었/였다　沒有V/A

　　是過去否定的一種用法。

　　　例：①갔다. ←→안 갔다.　　　去←→沒有

　　　　　②이쁘다. ←→안 이뻤다. 美←→沒有美／不美

④ A＋기 때문에：因為～

A：꽃이 예쁘기 때문에 많이 샀어요.

　　因為花漂亮，買了很多。

　　비싸기 때문에 안 샀어요.

　　因為價格貴，沒有買。

　　귤이 맛있기 때문에 많이 먹었어요.

　　因為橘子好吃，吃了很多。

　　그 사람이 너무 정직하기 때문에 좋아해요.

　　因為那個人很正直而喜歡。

▶▶ 試著用「A＋기 때문에（因為～）」來完成下列句子。

B：아이가 ＿＿＿＿＿＿＿＿＿＿＿＿＿많이 상랑해요. (예쁘다)

　　날씨가 ＿＿＿＿＿＿＿＿＿＿＿＿＿기분이 좋아요. (좋다)

　　환자가 ＿＿＿＿＿＿＿＿＿＿＿＿＿말을 안 했어요. (우울하다)

補充說明

　　到現在為止，我們一共學會了3種表達「原因、理由」的方式，其實在韓文裡面，類似表達「原因、理由」的詞彙組合型態相當多樣，不下於十幾種，目前為止我們學了最常見的3種，分別是「-아/어/여서」、「-(이)니까」、「-때문에」。以下我們簡單地做個小整理。

	-아/어/여서	-(이)니까	-때문에
意思	①原因、理由 ②～之後～	①原因、理由	①原因、理由
限制條件	①前後句時間可不同 ②前句不可為過去、未來時制 ③前後句有時間順序 ④前後句主語要相同 ⑤後句不可為命令、勸誘句 ⑥後句是前句的結果	①前後句時間可不同 ②前句是後句的根據 ③說話者主觀意識 ④後句可為命令、勸誘句	①前後句時間相同 ②後句是前句的結果 ③前句是後句的理由 ④後句不可為命令、勸誘句
與-이다搭配	N＋이어서 N＋이셔서 無尾音之區別	N＋니까 N＋이니까 有尾音之區別	N＋때문에 （因為～） 無尾音之區別 N＋이기 때문에 （因為是～） 無尾音之區別
與動詞搭配	V＋아/어/여서 無尾音之區別	V＋(으)니까 有尾音之區別	V＋기 때문에 無尾音之區別
與形容詞搭配	A＋아/어/여서 無尾音之區別	A＋(으)니까 有尾音之區別	A＋기 때문에 無尾音之區別

(2) 못＋V：不能、無法

　　此詞彙組合型態和「V＋지 못하다」的意思一樣，加在動詞前面，表示「不能、無法」。

A：오지 못해요. → 못 와요.　　　　　不能來。

　　비가 와서 농구를 하지 못해요.　　　因為下雨所以不能打籃球。
　　→ 비가 와서 농구를 못해요.

　　몸이 안 좋아서 출근하지 못했어요.　因為身體不好所以無法上班。
　　→ 몸이 안 좋아서 출근을 못했어요.

　　시간이 없어서 숙제를 쓰지 못했어요.　因為沒有時間所以無法寫作業。
　　→ 시간이 없어서 숙제를 못 썼어요.

．．．

▶▶ 試著用「못＋V（不能、無法）」來完成下列句子。

B：머리가 안 좋아서 ＿＿＿＿＿＿＿＿＿＿＿＿. (알아보다.)
　　너무 피곤하기 때문에 ＿＿＿＿＿＿＿＿＿＿＿. (일어나다)
　　어제 야근해서 집에 ＿＿＿＿＿＿＿＿＿＿＿. (돌아가다)
　　손이 다쳤기 때문에 글을 ＿＿＿＿＿＿＿＿＿＿＿. (쓰다)

(3) V＋아/어/여＋V

　　此詞彙組合型態是將2個動詞結合在一起的用法。要注意的是，當2個一般動詞結合時，2個詞中間是沒有空格的（沒有空格的寫法是指有列入字典當中的標準語，但若與「補助動詞」或「形容詞」相結合的話就必須有空格），只有當帶有「하다」的動詞與其他動詞結合時，才需要有空格。

① V＋아/어/여＋V

② V하다＋여＋ 空格 V(주다)

① V＋아/어/여＋V

A : 오다＋가다

→ 오＋아＋가 → 오가다　　來往

돌다＋가다

→ 돌＋아＋가 → 돌아가다　　返回；轉動

들다＋오다

→ 들＋어＋오 → 들어오다　　進來

잡다＋내다

→ 잡＋아＋내 → 잡아내다　　抓出

· ·

▶▶ 試著用「V＋아/어/여＋V」來完成下列句子。

B : 들다＋가다

→ ＿＿＿＿＿＿＿＿＿＿＿ → ＿＿＿＿＿＿＿＿＿＿＿.

날다＋오다

→ ＿＿＿＿＿＿＿＿＿＿＿ → ＿＿＿＿＿＿＿＿＿＿＿.

끝내다＋주다

→ ＿＿＿＿＿＿＿＿＿＿＿ → ＿＿＿＿＿＿＿＿＿＿＿.

접다＋들다

→ ＿＿＿＿＿＿＿＿＿＿＿ → ＿＿＿＿＿＿＿＿＿＿＿.

② V하다＋여＋ 空格 V(주다)

A：걱정하다＋주다

　　→ 걱정하＋여＋주 → 걱정해 주　　擔心

　　생각하다＋주다

　　→ 생각하＋여＋주 → 생각해 주　　想

　　사랑하다＋주다

　　→ 사랑하＋여＋주 → 사랑해 주　　愛

　　예뻐하다＋주다

　　→ 예뻐하＋여＋주 → 예뻐해 주　　疼愛

．．

▶▶ 試著用「V하다＋여＋ 空格 V(주다)」來完成下列句子。

B：귀여워하다＋주세요

　　→ ＿＿＿＿＿＿＿＿＿　　→ ＿＿＿＿＿＿＿＿＿＿＿＿＿．

　　좋아하다＋주세요

　　→ ＿＿＿＿＿＿＿＿＿　　→ ＿＿＿＿＿＿＿＿＿＿＿＿＿．

　　응원하다＋주세요

　　→ ＿＿＿＿＿＿＿＿＿　　→ ＿＿＿＿＿＿＿＿＿＿＿＿＿．

　　칭찬하다＋주세요

　　→ ＿＿＿＿＿＿＿＿＿　　→ ＿＿＿＿＿＿＿＿＿＿＿＿＿．

제7과 비가 올 것 같아요.

第七課 好像要下雨了。

■ 學習目標 ■

(1) N + 보다 더~ : 比~更~

(2) V + ㄹ/을 것 같다 : 好像~

(3) V/A + 지 않았다 : 沒有~

◆ 韓文會話   MP3 64

상철 : 창밖을 좀 보세요. 하늘에 먹구름이 몰려오는군요.

소연 : 그러네요, 바람도 조금 전보다 더 많이 부네요.

상철 : 비가 꼭 올 것 같아요. 우산이 있어요?

소연 : 아니요. 아침에 일기예보를 듣지 못해서 우산을 가져 오지 않았어요.

상철 : 제가 있어요. 비가 내리면 저와 같이 가요.

소연: 네, 고마워요.

上徹：看一下窗外。天空烏雲密佈耶！

少妍：真的是那樣耶！風也比剛剛颳得更大了。

上徹：好像快下雨的樣子，有雨傘嗎？

少妍：不，早上我沒能聽到天氣預報所以沒有帶雨傘來。

上徹：我有，下雨的話和我一起走吧。

少妍：好，謝謝。

◈ 單字　　MP3 65

창밖	窗外
하늘	天空
먹구름	烏雲
몰려오다	湧來
그렇다	那樣；是啊
바람	風
불다	吹
우산	雨傘
일기예보	氣象預報
듣다	聽
가져오다	帶來
내리다	下

PART 1 課前學習
PART 2 初階學習
PART 3 進階學習
PART 4 附錄&解答

◈ 文法練習

(1) N＋보다 더～ : 比～更～

A : 영민이 저보다 더 커요.　　　　　英民比我更高。

수학은 한국어보다 더 어려워요.　數學比韓語更難。

남자는 여자보다 더 힘세요.　　　男生比女生更有力氣。

밤에는 낮보다 더 추워요.　　　　半夜比白天更冷。

· ·

▶▶ 試著用「N＋보다 더（比～更～）」來完成下列句子。

B : 여자는 남자＿＿＿＿＿＿＿＿＿＿＿＿＿＿＿＿날씬해요.

기차는 자동차＿＿＿＿＿＿＿＿＿＿＿＿＿＿빨라요.

개는 고양이＿＿＿＿＿＿＿＿＿＿＿＿＿＿＿무서워요.

담배는 술＿＿＿＿＿＿＿＿＿＿＿＿＿＿＿＿나빠요.

· ·

▶▶ 試著用「N＋보다 더（比～更～）」來完成下列句子。

C : 30/23/많다

　　→ ＿＿＿＿＿＿＿＿＿＿＿＿＿＿＿＿＿＿＿＿＿ .

　　한국어/영어/어렵다

　　→ ＿＿＿＿＿＿＿＿＿＿＿＿＿＿＿＿＿＿＿＿＿ .

　　오빠/동생/작다

　　→ ＿＿＿＿＿＿＿＿＿＿＿＿＿＿＿＿＿＿＿＿＿ .

　　여동생/언니/이쁘다

　　→ ＿＿＿＿＿＿＿＿＿＿＿＿＿＿＿＿＿＿＿＿＿ .

(2) V＋ㄹ/을 것 같다：好像將要～的樣子

此詞彙組合型態用在未來時制。當然，此組合型態也可以用在過去時制或者現在時制，要注意的是此詞彙組合型態與「이다」、「形容詞」、「動詞」搭配的話，冠形形語尾會有所不同。

	現在猜測	過去猜測	未來猜測
N	N＋인 것 같다	N＋이었을 것 같다	
V	V＋는 것 같다	① V＋ㄴ/은 것 같다 （過去猜測） ② V＋았/었을 것 같다 （過去完成猜測）	V＋ㄹ/을 것 같다
A	A＋ㄴ/은 것 같다	A＋았/었을 것 같다	A＋ㄹ/을 것 같다

① N（名詞）類詞彙組合型態

그 사람이 학생인 것 같아요.

那個人好像是學生。（現在模樣看起來）

그 사람이 학생이었을 것 같아요.

那個人好像是學生。（曾經應該是學生）

② V（動詞）類詞彙組合型態

그 사람이 가는 것 같아요.

那個人好像在走。（現在模樣看起來）

그 사람이 먹는 것 같아요.

那個人好像在吃。（現在模樣看起來）

그 사람이 간 것 같아요.

那個人好像走了。（已經離開）

그 사람이 먹은 것 같아요.

那個人好像吃了。（已經吃了）

그 사람이 갔을 것 같아요.

那個人好像已經走了。（已經離開＜完畢＞＋猜測）

그 사람이 먹었을 것 같아요.

那個人好像已經吃了。（已經吃了＜完畢＞＋猜測）

그 사람이 갈 것 같아요.

那個人好像要走了。（不久後將走）

그 사람이 먹을 것 같아요.

那個人好像要吃了。（不久後將吃）

③ A（形容詞）類詞彙組合型態

그 사람이 정말 멋진 것 같아요.

那人好像真的好帥喔。（現在很帥）

그 사람이 정말 어리석은 것 같아요.

那人好像真的好笨喔。（現在很笨）

그 사람이 정말 멋졌을 것 같아요.

那人好像真的好帥喔。（過去很帥）

그 사람이 정말 어리석었을 것 같아요.

那人好像真的好笨喔。（過去很笨）

그 음식이 맛있을 것 같아요.

那食物好像會很好吃。（將會好吃）

거기는 추울 것 같아요.

那裡好像會很冷的樣子。（將會／現在很冷）

(3) V/A（動詞／形容詞）지 않았다：沒有～

此詞彙組合型態用來否定某件事情或者狀態，譬如說「他沒有去、她沒有很漂亮」與「他不去、她不漂亮」這兩組詞彙組合型態很相似。首先整理一下這兩個組合型態。

① V/A＋지 않다：不～

② V/A＋지 않았다：沒有～

A：난 가지 않아요.　　　　　我不去。

　　난 가지 않았어요.　　　　我沒有去。

　　그녀가 예쁘지 않아요.　　她不漂亮。

　　그녀가 예쁘지 않았어요.　她並沒有漂亮。（過去不漂亮）

‧‧

▶▶ 試著將下列「V/A＋지 않다（不～）」的句子改寫成「V/A＋지 않았다（沒有～）」。

B：비가 오지 않아요.

→ _____.

점심을 먹지 않아요.

→ _____.

그는 그녀를 사랑하지 않아요.

→ _____.

오늘 일요일이니까 학교에 가지 않아요.

→ _____.

머리가 아프지 않아요.

→ _____.

아침은 춥지 않아요.

→ _____.

좋은 친구가 있기 때문에 슬퍼하지 않아요.

→ _____.

이 사전은 비싸지 않아요.

→ _____.

제8과 표를 예매해야 하죠?

第八課 要事先買票吧？

■ 學習目標 ■

(1)V/A＋ㄴ/는/은데：然而、但是

(2)V/A＋어/아야 하다：必須要～、應該要～

◈ 韓文會話

MP3 66

상철 : 소연 씨, 내일이 추석인데 무엇을 할 거예요?

소연 : 저는 고향집에 내려가고 싶어요. 저희 집은 남쪽에 있어요.

상철 : 그래요. 몇 시에 떠날 거예요?

소연 : 아침 일찍 출발하면 12시 전에 도착할 수 있을 것 같아요.

상철 : 사람도 많은데 기차표를 미리 예매해야 하죠?

소연 : 네, 저는 이미 인터넷으로 예매했어요.

上徹：少妍小姐，明天是中秋節，妳打算做什麼呢？

少妍：我要回家鄉去，我家在南部。

上徹：是喔，打算幾點出發呢？

少妍：早上早點出發的話12點之前可以到的樣子。

上徹：人會很多，應該要先預購車票吧？

少妍：對，我已經用網路預購了。

◈ 單字 `MP3 67`

추석	中秋
고향집	老家；故鄉家
내려가다	下去
우리 집、저희 집	我們家
남쪽	南部
떠나다	離開
일찍	早；早些
출발	出發
도착하다	到達
기차표	火車票
예매하다	預購
인터넷	網路

(1) -ㄴ/는/은데：然而、但是

此句詞彙組合型態是「為了引出某個事情的內容而事先提示」，或是「說明相對應的背景情況」。中文可翻譯為「然而」（前提引用）、或是「但是」（對立表示）。也就是說，通常可以用在①「事情的延伸說明」和②「表示事件對立」。

例：15살인데 잘 울어요.

　　15歲了，（還是；卻）真愛哭。（延伸說明）

　　남자인데 힘이 없네요.

　　是男人啊，（但是）沒力氣。　　（事件對立）

此詞彙組合型態亦可與名詞、動詞、形容詞搭配使用。

① N＋인데~	名詞＋現在時制
② N＋이었는데	名詞＋過去時制
③ V＋는데	動詞＋現在時制
④ V＋았/었/였/겠는데	動詞＋過去時制、未來時制
⑤ A＋ㄴ/은데	形容詞＋現在時制
⑥ A＋았/었/였는데	形容詞＋過去時制

① N＋인데~　　名詞＋現在時制

② N＋이었는데　名詞＋過去時制

개는 동물인데 사람보다 더 충성스러워요.

狗是動物，卻比人類還忠心。（延伸說明）

그는 사장님이신데 성격이 좋지 않으시네요.

他是老闆，但是個性卻不怎麼好耶。（事件對立）

저는 학생이었는데 공부를 많이 했죠.

我曾是學生，讀過很多書。（延伸說明）

· ·

▶▶ 試著用「N＋인데~（然而、但是）」及「N＋이었는데（然而、但是）」完成下列句子，並請注意時制狀態。

이 분이 저희 교수님 ＿＿＿＿＿＿＿＿＿＿＿＿＿＿＿＿ 인사 드리세요.

이것이 사과 ＿＿＿＿＿＿＿＿＿＿＿＿＿＿＿＿＿＿ 달지 않아요.

저는 군인＿＿＿＿＿＿＿＿＿＿＿＿＿＿＿＿＿＿＿ 제대했어요.

③ V＋는데　　　　　　動詞＋現在時制

④ V＋았/었/였/겠는데　動詞＋過去時制／未來時制

그녀는 노래를 잘 부르는데 공부 못해요.

她很會唱歌，卻不會讀書。（事件對立）

밥을 먹는데 전화가 왔어요.

正在吃飯，卻來了電話。（延伸說明）

어제 숙제를 했는데 안 가져왔어요.

昨天做了作業，卻沒有帶來。（延伸說明）

내일 교회에 가겠는데 당신과 만날 수 없어요.

明天要去教會，無法和你見面。（延伸說明）

▶▶ 試著用「V＋는데（然而、但是）」及「V＋았/었/였/겠는데（然而、但是）」完成下列句子，並注意時制狀態。

저는 술을 잘 ＿＿＿＿＿＿＿＿＿＿＿＿ 담배를 안 피워요. (마시다)

저는 술을 잘 ＿＿＿＿＿＿＿＿＿＿＿＿ 이제 안 마셔요. (마시다)

할아버님께서 식사를 ＿＿＿＿＿＿＿＿＿ 지금 주무십니다. (하다)

그림을 벽에 ＿＿＿＿＿＿＿＿＿＿＿＿ 또 떨어졌어요. (박다)

내년에 미국에 ＿＿＿＿＿＿＿＿＿＿ 같이 갈까요? (놀러 가다)

여자친구와 ＿＿＿＿＿＿＿＿＿＿＿ 마음이 변했어요. (결혼하다)

너를 사랑하 ＿＿＿＿＿＿＿＿＿＿＿ 너무 어려워요. (고 싶다)

⑤ A＋ㄴ/은데　　　形容詞＋現在時制
⑥ A＋았/었/였는데　形容詞＋過去時制

물이 <u>찬데</u> 샤워 못 해요.
水太涼，不能沖澡。（延伸說明）

바다가 <u>넓은데</u> 수영하고 싶어요.
海很寬闊，想游泳。（延伸說明）

날씨가 <u>추운데</u> 옷을 많이 입으세요.
天氣太冷，請多穿衣服。（延伸說明）

그녀는 <u>예뻤는데</u> 한참 좋아했어요.
她很漂亮，所以喜歡了好一陣子。（延伸說明）

어제는 <u>더웠는데</u> 오늘은 참 추워요.
昨天好熱，今天卻好冷。（事件對立）

••

▶▶ 試著用「A＋ㄴ/은데（然而、但是）」及「A＋았/었/였는데（然
而、但是）」完成下列句子，並注意時制狀態。

꽃이 아주 _____ 좀 비싸요. (예쁘다)

집이 _____ 살 수 있어요? (작다)

햇빛이 _____ 수영하고 싶어요. (따뜻하다)

그 남자가 아주 _____ 제 반 친구예요. (착하다)

(2) -아/어야 하다：必須要～、應該要～

　　此詞彙組合型態時常與動詞搭配，表示說話者認為該動作之應當性以及必要性的心理態度。中文意思為「必須要～」或「應該要～」。

내일 월요일이니까 학교에 가야 해요.

因為明天是星期一，必須要去學校。（說話者心理態度上認為應該去）

시간이 없어서 빨리 먹어야 해요.

因為沒有時間，所以應該要吃快點。（說話者心理態度上認為應該快吃）

우리는 서로 사랑하니까 결혼해야 해.

由於我們彼此相愛，應該要結婚。（說話者心理態度上認為應該結婚）

돈을 아껴 써야 해요.

必須要節省用錢。（說話者心理態度上認為應該節省）

▶▶ 試著用「-아/어야 하다（必須要、應該要）」完成下列句子。

당신이 나를 _____. (사랑하다)

학생이니까 공부를 _____. (잘하다)

착한 아이는 밥을 잘 _____. (먹다)

대만에 놀러 오면 야시장을 한 번_____. (구경하다)

부모님을 잘 _____. (모시다)

물이 몸에 좋은데 많이 _____. (마시다)

그 놈이 참 무례한데 한번 _____. (때리다)

PART
1
課前學習

PART
2
初階學習

PART
3
進階學習

PART
4
附錄&解答

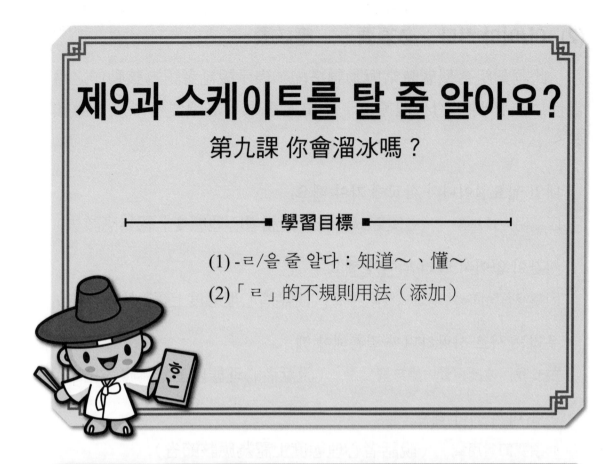

제9과 스케이트를 탈 줄 알아요?

第九課 你會溜冰嗎?

■ 學習目標 ■

(1) -ㄹ/을 줄 알다 : 知道～、懂～

(2)「ㄹ」的不規則用法（添加）

◈ 韓文會話　　　　　MP3 68

상철 : 소연 씨는 무슨 운동을 제일 좋아해요?

소연 : 저는 농구를 제일 좋아하는데 잘 못해요. 상철 씨는요?

상철 : 저는 스케이트를 잘 타는데 다른 운동은 잘 몰라요.

소연 : 상철 씨는 스케이트를 탈 줄 알아요? 좀 가르쳐 줄 수 있어요?

상철 : 네, 좋아요. 우리는 지금 운동장으로 갈까요?

소연 : 네, 갑시다~!

◈ 會話翻譯

上徹：少妍小姐，妳最喜歡什麼運動？

少妍：我最喜歡籃球，但是我打不好。上徹先生呢？

上徹：我是會溜冰，但是其他運動不太懂。

少妍：上徹先生會溜冰喔？可以教我一下嗎？

上徹：好，可以啊。我們現在就去操場好嗎？

少妍：好，走吧！

◈ 單字

MP3 69

무슨	什麼
운동	運動
제일	第一；最
농구	籃球
스케이트	溜冰
다른	其他的
모르다	不知道
가르치다	教
운동장	運動場
V＋읍/ㅂ시다	一起～吧！

(1) -ㄹ/을 줄 알다：知道～、懂～

此詞彙組合型態搭配動詞來作表達，意思為「知道、懂、會（某事情）」。相反的，當「不知道、不懂（某事情）」的時候就可以用「-ㄹ/을 줄 모르다」。

> ① V＋ㄹ/을 줄 알다：知道、懂、會
>
> ② V＋ㄹ/을 줄 모르다：不知道、不懂、不會

此詞彙組合型態和「-ㄹ/을 수 있다」（會、可以、能）在意思上有重疊之處，都一樣表示會不會做某件事情，但是兩者比較顯著的差異在於「規則方法vs.本身能力」。

A. 나는 농구를 <u>할 수 있어요</u>.

　　我可以（會）打籃球。（本身條件夠，有資格、有能力）

B. 나는 농구를 <u>할 줄 알아요</u>.

　　我知道怎麼打籃球。（懂規則方法，學過、有技能）

① V＋ㄹ/을 줄 알다：知道、懂、會

A : 나는 학교에 <u>갈 줄 알아요</u>. 　　　　我知道怎麼去學校。

　　나는 밥을 <u>먹을 줄 알아요</u>. 　　　　我知道怎麼吃飯。

　　선미는 한국어를 <u>할 줄 알아요</u>. 　　善美會說韓語。

　　상민이는 오토바이를 <u>탈 줄 아는군요</u>! 　尚民知道怎麼騎摩托車啊！

　　선생님께서도 게임을 <u>할 줄 아시네요</u>. 　老師也知道怎麼玩遊戲耶。

▶ 試著用「V＋ㄹ/을 줄 알다（知道、懂、會）」完成下列句子。

B：밤이 어두운데 집에 _____？(찾아가다)

　한복을 _____？(입다)

　이 문제를 _____？(해결하다)

　이 단어는 _____？(맞추다)

　아버님께서 _____？(요리하다)

　배신자도 _____？(사랑하다)

② V＋ㄹ/을 줄 모르다：不知道、不懂、不會

A：나는 학교에 <u>갈 줄 몰라요</u>.　　　　　　　　我不知道怎麼去學校。

　나는 밥을 <u>먹을 줄 몰라요</u>.　　　　　　　　我不知道怎麼吃飯。

　선미는 한국어를 <u>할 줄 몰라요</u>.　　　　　　善美不會說韓語。

　상민이는 오토바이를 <u>탈 줄 모르는군요</u>!　尚民不會騎摩托車啊！

　선생님께서도 게임을 <u>할 줄 모르시네요</u>.　老師也不知道怎麼玩遊戲耶。

▶ 試著用「V＋ㄹ/을 줄 모르다（不知道、不懂、不會）」完成下列句子。

B：밤이 어두운데 집에 _____？(찾아가다)

　한복을 _____？(입다)

　이 문제를 _____？(해결하다)

　이 단어는 _____？(맞추다)

　아버님께서 _____？(요리하다)

　배신자는 _____？(사랑하다)

(2)「ㄹ」的不規則用法（添加）

　　所謂「ㄹ」的不規則用法包含：①「ㄹ」的添加、②「ㄹ」的脫落。本課的主旨在於第一項，「ㄹ」的添加之用法。

　　其實所謂「ㄹ」的添加這一規則是附屬在「르」這個音節的變化之下。

添加條件：

①某一個單字（動詞／形容詞）之語幹為兩個音節以上

②該單字語幹最後一個音節為「르」

③該單字的語幹倒數第二個音節為開音節

例如：a. 모르다

　　　b. 자르다

　　　c. 게으르다

①語幹為2個音節以上

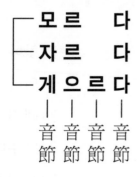

②語幹最後一個音節為「르」

③語幹倒數第二個音節為開音節

變化過程：

　　當該單字遇上母音開頭的音節時，須依照語幹第二音節的母音，來決定後面連結語尾的母音為陽性母音還是陰性母音，之後「르」本身的「ㅡ」脫落，倒數第二個音節尾音部分添加「ㄹ」。

a. 모르다

모르＋아/어/여서～	語幹＋列出連接語尾種類
모르＋아서～	語幹＋選擇連接語尾種類
몰ㄹ＋아서～	「ㅡ」脫落＋選擇連接語尾種類
몰라서～	合併

b. 자르다

자르＋아/어/여서～	語幹＋列出連接語尾種類
자르＋아서～	語幹＋選擇連接語尾種類
잘ㄹ＋아서～	「ㅡ」脫落＋選擇連接語尾種類
잘라서～	合併

c. 게으르다

게으르＋아/어/여서～	語幹＋列出連接語尾種類
게으르＋어서～	語幹＋選擇連接語尾種類
게을ㄹ＋어서～	「ㅡ」脫落＋選擇連接語尾種類
게을러서～	合併

▶▶ 試著將下列빠르다（快）、구르다（滾）、흐리다（陰霾）三個
單字依連接語尾的不同完成表格。

A：

	빠르다（快）	구르다（滾）	흐리다（陰霾）
+아/어서			
+아/어요			
+았/었어요			

제10과 주말에 가우슝에 가는 게 어때요?

第十課 週末去高雄如何？

┣━━━ ■ 學習目標 ■ ━━━┫

(1) V＋는 게：～的事情、～的這件事情

(2) N＋(이)라고 하다：叫做～、稱為～

(3) N＋(으)로 유명하다：

以～有名、以～著名

◈ 韓文會話

상철 : 소연 씨, 날씨도 따뜻한데 내일 가우슝에 놀러 가는 게 어때요?

소연 : 가우슝은 어떤 곳이에요?

상철 : 가우슝은 대만에서 제일 큰 항구 도시예요. 또한 제이 큰 도시라고 해요.

소연 : 그래요? 거기는 무엇으로 유명해요?

상철 : 해산물도 맛있고 야경도 아름답고 야시장도 아주 유명하죠.

소연 : 좋아요. 빨리 놀러 가고 싶네요.

上徹：少妍小姐，天氣很暖和，明天去高雄玩如何？

少妍：高雄是什麼樣的地方啊？

上徹：高雄是台灣最大的港口都市，而且聽說也是第二大都市。

少妍：真的喔？那裡以什麼有名呢？

上徹：海產很好吃，而且夜景很美麗，夜市也很有名呢。

少妍：好，真想快點去玩耶。

◆ 單字   MP3 71

무슨	什麼
따뜻하다	溫暖
곳	地方
항구	港口
유명하다	有名
해산물	海產
야경	夜景
야시장	夜市
빨리	快
까우슝、고웅	高雄

(1) V＋는 게：～的事情、～的這件事情

「-는 게」是「-는 것이」的縮寫。

A：내일 학교에 가는 게 타당하지 않을 것 같아요.

明天去學校的事情好像不太妥當的樣子。

지금 화나는 게 실례죠.

現在生氣很失禮吧。

답답하면 노래방에 가는 게 좋은 선택이에요.

煩悶的話到KTV是好的選擇。

점심 때 라면을 먹는 게 좋지 않은 것 같아요.

午餐時吃拉麵不太好的樣子。

· ·

▶▶ 試著用「-는 게（～的事情、～的這件事情）」完成下列句子。

B：따뜻한 물을 ＿＿＿＿＿＿＿＿＿＿＿＿＿＿＿＿＿＿ 몸에 좋아요. (마시다)

고향집에 가려면 ＿＿＿＿＿＿＿＿＿＿＿＿ 제일 편해요. (기차를 타다)

집에서 강아지 한 마리를 ＿＿＿＿＿＿＿＿＿＿ 어때요? (키우다)

지금 아버님께서 ＿＿＿＿＿＿＿＿＿＿＿＿＿＿ 뭐예요? (하다)

(2) -(이)라고 하다：叫做～、稱為～

　　此詞彙組合型態又稱為「間接引用」。間接表示某件事物稱做什麼，或者把某件事物叫做什麼。

---

① N＋(이)라고 하다　　　叫做N

② X를/을 N(이)라고 하다　把X叫做N

---

① N＋(이)라고 하다：叫做N

A：이것이 뭐(무엇이)라고 해요?　　　　　這個叫做什麼？

　　이것이 책이라고 해요.　　　　　　　這叫做書。

　　이름이 무엇이라고 해요?　　　　　　叫什麼名字？

　　이름이 장나나라고 해요.　　　　　　名字叫張娜娜。

　　여기가 뭐라고 해요?　　　　　　　　這裡叫什麼？

　　여기는 까우슝 시립미술관이라고 해요.　這裡叫高雄市立美術館。

　　이 학교 이름이 뭐라고 해요?　　　　　這學校叫什麼？

　　이 학교는 문화대학교라고 해요.　　　　這學校叫文化大學。

· ·

▶▶ 試著用「N＋(이)라고 하다（叫做、稱為）」完成下列句子。

B：이것이 ＿＿＿＿＿＿＿＿＿＿＿＿＿＿＿＿? (무엇, 라고 하다)

　　이것이 ＿＿＿＿＿＿＿＿＿＿＿＿＿＿＿. (양복, 라고 하다)

　　당신의 직업이 ＿＿＿＿＿＿＿＿＿＿? (선생님, 라고 하다)

　　그 사람의 애칭이 ＿＿＿＿＿＿＿＿＿? (무엇, 라고 하다)

② X를/을 N(이)라고 하다：把X叫做N

A：그 사람을 바보라고 해요.　　　　把那個人叫做傻瓜。

　　까우슝을 항구 도시라고 해요.　　把高雄叫做港都。

　　개를 사람의 친구라고 해요.　　　將狗稱為人類的朋友。

　　아이를 미래의 희망이라고 해요.　將孩子稱為未來的希望。

. . . .

▶▶ 試著用「X를/을 N(이)라고 하다（把X叫做N）」完成下列句子。

B：이것을 ＿＿＿＿＿＿＿＿＿＿＿＿＿＿＿＿. (책, -(이)라고 하다)

　　그것을 ＿＿＿＿＿＿＿＿＿＿＿＿＿＿＿. (우유, -(이)라고 하다)

　　인연을 ＿＿＿＿＿＿＿＿＿＿＿＿＿＿＿. (운명, -(이)라고 하다)

　　결혼을 ＿＿＿＿＿＿＿＿＿＿＿＿＿＿. (사랑의 무덤, -(이)라고 하다)

(3) N＋(으)로 유명하다：以～有名、以～著名

A：그 사람이 요리 솜씨로 유명해요.　　那個人以廚藝有名。

　　까우슝은 항구 도시로 유명해요.　　高雄是以港都著名。

　　그는 땡땡이치는 것으로 유명해요.　他是以翹課有名。

　　대만은 아름다운 섬으로 유명해요.　台灣是以美麗的島著名。

. . . .

▶▶ 試著用「N＋(으)로 유명하다（以～有名、以～著名）」完成下列句子。

B：이 회사는 해외 무역 ＿＿＿＿＿＿＿＿＿＿＿＿＿. (유명하다)

　　이 학교는 ＿＿＿＿＿＿＿＿＿＿＿＿＿. (관광학과, 유명하다)

　　이 집은 ＿＿＿＿＿＿＿＿＿＿＿＿＿. (부부 싸움, 유명하다)

　　미국 사람은 ＿＿＿＿＿＿＿＿＿＿＿＿. (키, 크다, 유명하다)

제11과 더 예뻐졌네요.
第十一課 變得更美了耶。

學習目標

(1) V＋ㄴ/은 후에 : ～之後
(2) V＋고 있다 : 正在～
(3) A＋아/어/여지다 : 變得～

◆ 韓文會話

MP3 72

상철 : 저기요! 혹시 소연 씨가 아니에요?

소연 : 어머나, 상철 씨죠? 오래간만이에요. 잘 지냈어요?

상철 : 네, 잘 지냈어요. 그런데 그 동안 어디에 있었어요?

소연 : 전 대학을 졸업한 후에 바로 미국으로 떠났어요.
　　　일 주전에 돌아왔어요.

상철 : 아~그렇구나! 그런데 다시 돌아갈 거예요?

소연 : 아뇨. 저는 취직했어요. 지금 무역 회사에서 일하고 있어요.

상철 : 잘 했어요. 그리고 소연 씨는 예전보다 더 예뻐졌네요.

소연 : 정말요? 고마워요! 상철 씨도 더 멋있어졌어요.

◈ 會話翻譯

上徹：失禮一下！您該不會是少妍小姐吧？

少妍：哎呀，上徹先生嗎？好久不見。過得好嗎？

上徹：是的，過得還好。可是那段時間妳去哪了？

少妍：我大學畢業後直接去美國了，一個星期前回來了。

上徹：啊～是這樣啊！但是妳會再回去嗎？

少妍：不，我上班了。現在在貿易公司做事情。

上徹：太好了。另外，少妍小姐比以前變得更漂亮了耶。

少妍：真的嗎？謝謝囉！上徹先生你也變得更帥了。

◈ 單字

MP3 73

저기요!	對不起；請問
혹시	或者；或是
어머나	哎呀
지내다	過日子；度過
그런데	然而；可是
동안	期間
졸업하다	畢業
바로	馬上；就
미국	美國
떠나다	離開
주	週
돌아오다	回來
그렇구나!	原來是這樣啊！

다시	再一次
돌아가다	回去
취직하다	就職
무역	貿易
회사	公司
일하다	做事情
그리고	還有；另外
예전	以前
정말	真的
예쁘다	漂亮
멋있다	帥；好看

◈ 文法練習

(1) V＋ㄴ/은 후에：～之後

　　此詞彙組合型態主要是用過去時制「冠形語尾-ㄴ/은」修飾「依存名詞후」，來表示該行動結束之後的時間。

A：식사한 후에 차를 마셨어요.

　　吃完飯之後喝了茶。

약을 먹은 후에 잠을 잤어요.

　　吃藥之後睡著了。

한국에 온 후에 매운 음식을 많이 먹었어요.

　　來到韓國之後吃了很多辣的食物。

저는 그가 미국에 간 후에 한번도 못 봤어요.

　　他去美國之後一次也沒見過。

▶▶ 試著用「V＋ㄴ/은 후에（～之後）」完成下列句子。

B：(가다＋ㄴ/은 후에)

→ _____

(마시다＋ㄴ/은 후에)

→ _____

(하다＋ㄴ/은 후에)

→ _____

(읽다＋ㄴ/은 후에)

→ _____

▶▶ 試著用「V＋ㄴ/은 후에（～之後）」完成下列句子。

C：일본에 _____ 무엇을 하실 거예요? (오다)

숙제를 _____ 친구와 놀았어요. (하다)

이 년 전에 _____ 바로 취직했어요. (졸업하다)

동생과 _____ 많이 울었어요. (싸우다)

(2) V＋고 있다：正在～

　　此詞彙組合型態是「補助動詞있다」接於「-고」之後，用來表示「正在做所接動詞的動作」。

A：나는 밥을 먹고 있어요. 　　我正在吃飯。

동생은 방에서 숙제를 하고 있어요. 　　弟弟正在房間做作業。

그 비행기가 어디로 가고 있을까요? 　　那飛機正往哪裡去呢？

아이가 배가 고파서 울고 있는군요. 　　孩子因為肚子餓正在哭。

지금 가고 있는 사람은 제 친구예요. 　　現在正在去的人是我朋友。

▶▶ 試著用「Ｖ＋고 있다（正在～）」完成下列句子。

Ｂ：(식사하다＋고 있다)

→ _____ .

(읽다＋고 있다)

→ _____ .

(먹다＋고 있다)

→ _____ .

(자다＋고 있다)

→ _____ .

(준비하다＋고 있다)

→ _____ .

▶▶ 試著用「Ｖ＋고 있다（正在～）」完成下列句子。

Ｃ：지금 비가_____. (내리다)

선생님께서 한국어를 _____. (가르치다)

그들이 _____. (연애하다)

수업이 다 끝났기 때문에 집으로 _____. (돌아가다)

지금 TV를 _____ 사람은 저희 아버님이세요. (보다)

(3) Ａ＋아/어/여 지다：變得～

「補助動詞지다」與「形容詞＋先行語尾-아/어/여」搭配使用，表示該被形容的狀態已深化或者已形成之意。

A：감기약을 먹었으니까 많이 좋<u>아졌</u>어요

吃了感冒藥變得好多了。

나는 자꾸 뚱뚱<u>해지</u>는 것 같아요.

我好像一直變胖的樣子。

날씨가 어제보다 더 더<u>워졌</u>어요.

天氣變得比昨天更熱了。

그 사람이 떠난 후에 내 눈물이 더 많<u>아졌</u>어요.

那個人離開後我的眼淚變得更多了。

▶▶ 試著用「A＋아/어/여지다（變得～）」完成下列句子。

B：(따뜻하다＋지다)

→ _____.

(아름답다＋지다)

→ _____.

(밝다＋지다)

→ _____.

(어리석다＋지다)

→ _____.

▶▶ 試著用「A＋아/어/여지다（變得～）」完成下列句子。

C：물 깊이 더 _____. (깊다)

상민이 요즘 더 _____. (멋있다)

결혼을 한 후에 더 _____. (행복하다)

난 요즘 너무 _____ 것 같아요. (게으르다)

제12과 실내에서 담배를 피우면 안 돼요.

第十二課 不能在室內抽菸。

━━■ 學習目標 ■━━

(1) V/A＋아/어/여도 : 就算～也～、
即便～也～

(2) V/A＋(으)면 안되다 : ～的話～是不可
以的、不可以～

(3) V＋아/어/여 보다 : ～過、～看看

◆ 韓文會話
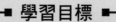

상철 : 죄송합니다. 여기서 담배를 피워도 돼요?

소연 : 안 되죠. 여기가 교실인데 담배를 피울 수가 없지요.

상철 : 그럼, 화장실에 가서 피워도 되겠지요?

소연 : 그것도 안 돼요. 학교의 규칙을 읽어보지 않았어요?

상철 : 무슨 규칙인데요?

소연 : 학교 실내에서 담배를 피우면 안 되는 규칙이 있어요.

상철 : 아~그래요?! 이젠 알았어요. 죄송해요.

上徹：對不起，這裡可以抽菸嗎？

少妍：不行喔。這裡是教室不可以抽菸吧！

上徹：那麼去廁所抽就可以了吧？

少妍：那也不行啊。你沒讀過學校校規嗎？

上徹：什麼規則？

少妍：有不能在學校室內抽菸的規定啊。

上徹：啊～是喔？！現在我懂了，抱歉。

◈ 單字　MP3 75

죄송하다	對不起
여기	這裡
담배	香菸
피우다	抽；點燃
도	也
되다	可以
교실	教室
화장실	洗手間
규칙	規則
읽다	讀
실내	室內

PART 1 課前學習

PART 2 初階學習

PART 3 進階學習

PART 4 附錄&解答

◈ 文法練習

(1) V/A＋아/어/여도：就算～也～、即便～也～

　　此詞彙組合型態與動詞或形容詞一起搭配使用，表示「承認前面所接的內容」，但是與後面將要敘述的內容無關。

① V＋아/어/여도

② A＋아/어/여도

① V＋아/어/여도

A：<u>가도</u> 좋아요.　　　　　　　　　就算去也好（也可以去）。

　　돈이 <u>있어도</u> 소용없어요.　　　　就算有錢也沒有用。

　　아무리 <u>싫어해도</u> 연락해야 하죠!　即便討厭也要連絡吧！

　　비가 <u>와도</u> 난 갈 거예요.　　　　就算下雨我也要去。

　　<u>심심해도</u> 참아야 해요.　　　　　即便無聊也要忍耐。

　　한국어가 <u>어려워도</u> 배워야 돼요.　韓語就算困難也要學習。

· ·

▶▶ 試著用「V＋아/어/여도（就算～也～、即便～也～）」完成下列句子。

B：(먹다＋도)

→ ＿＿＿＿＿＿＿＿＿＿＿＿＿＿＿＿＿＿＿

(살다＋도)

→ ＿＿＿＿＿＿＿＿＿＿＿＿＿＿＿＿＿＿＿

(쓰다＋도)

→ ＿＿＿＿＿＿＿＿＿＿＿＿＿＿＿＿＿＿＿

(걸리다＋도)

→ _____

(사과하다＋도)

→ _____

. . . .

▶▶ 試著用「V＋아/어/여도（就算～也～、即便～也～）」完成下列
句子。

C：밥을 _____ 배가 고파요. (먹다)

　　잠을 _____ 졸려요. (자다)

　　숙제를 _____ 밖에 못가요. (완성하다)

　　노래를 _____ 심심해요. (부르다)

　　부모가 _____ 부모를 모셔야 해요. (되다.)

② A＋아/어/여도

A：예뻐도 소용없죠!　　　　　　　就算漂亮也沒有用！

　　바빠도 연락해줘야 하죠!　　　　就算忙也要跟我連絡吧！

　　날씨가 추워도 난 등산을 할 거예요.　天氣就算冷我也要登山。

　　이 옷이 싸도 안 살 거예요.　　　這件衣服就算便宜也不買。

. . . .

▶▶ 試著用「A＋아/어/여도（就算～也～、即便～也～）」完成下列
句子。

B：(덥다＋도)

→ _____

(슬프다＋도)

→ _____

(뜨겁다＋도)

→ _____ .

(아프다＋도)

→ _____ .

(화려하다＋도)

→ _____ .

C : 한국어가 _____ 배울 거예요. (어렵다)

꽃이 _____ 안 좋아해요. (예쁘다)

이 옷이 저와 _____ 안 사요. (어울리다)

밤이 _____ 만나야 돼요. (깊다)

(2) V/A＋(으)면 안되다 : ～的話～是不可以的、不可以～

A : 술을 <u>마시면 안 돼요</u>.　　　喝酒的話是不可以的。

친구와 <u>싸우면 안 돼요</u>.　　和朋友吵架是不可以的。

보약을 많이 <u>먹으면 안 돼요</u>.　補藥吃太多的話是不可以的。

숙제를 안 <u>하면 안 돼요</u>.　　不可以不做作業。

<u>하면 안 되는</u> 게 없어요.　　沒有不可以做的事情。

・・

▶▶ 試著用「V/A＋(으)면 안되다（～的話～是不可以的、不可以～）」完成下列句子。

B : 여기서 _____ ? (앉다)

이 수박을 _____ 이유가 뭐예요? (먹다)

너무 많이 _____ . (말하다)

날씨도 안 좋은데 _____ . (놀러 가다)

C : 시간이 없다./학교에 가야 해요.

　→ 시간이 없어도 학교에 안 가면 안돼요.

　돈이 없다./옷을 사야 해요.

　→ _____.

　싫어하다./약을 먹어야 해요.

　→ _____.

　숙제가 많다./드라마를 봐야 해요.

　→ _____.

　한국말이 어렵다./배워야 해요.

　→ _____.

(3) V＋아/어/여 보다：～過、～看看

　　此詞彙組合型態主要是「補助動詞보다」接於「動詞＋先行語尾-어/아/여」之後，表示嘗試做該動作，或者客氣的陳述、請求。此型態可用在現在時制或者過去時制，但是兩個時制所表現的意思會稍微不同。

　①　V＋아/어/여보다：V＋看看、試著＋V

　②　V＋아/어/여보았다：V＋過

① V＋아/어/여보다：V＋看看

A : 가다＋보다 → 가 보다.　　　　（去；去看看）

　　오다＋보다 → 와 보다.　　　　（來；來看看）

　　읽다＋보다 → 읽어 보다.　　　（讀；讀看看）

　　공부하다＋보다 → 공부해 보다.　（學習；學習看看）

B : 지금 학교에 <u>가 보세요</u>.　　　　　請現在去看看學校。

이 빵을 <u>먹어 보세요</u>.　　　　　請吃看看這麵包。

<u>한번 말해 보시죠</u>.　　　　　請試著説説看。

한국에 가서 직접 <u>살아 보세요</u>.　請親自去韓國生活看看。

- -

▶▶ 試著用「V＋아/어/여보다（～過、～看）」完成下列句子。

C : 그 사람을 ＿＿＿＿＿＿＿＿＿＿＿＿＿＿＿＿＿. (부르다)

사랑을 한번 ＿＿＿＿＿＿＿＿＿＿＿＿＿＿. (하다)

이 문제를 ＿＿＿＿＿＿＿＿＿＿＿＿＿＿. (해결하다)

이 음료수를 한번 ＿＿＿＿＿＿＿＿＿＿＿. (마시다)

비행기를 한번 ＿＿＿＿＿＿＿＿＿＿＿＿. (타다)

한국어를 ＿＿＿＿＿＿＿＿＿＿＿＿＿＿＿. (읽다)

② V＋어/아/여보았다 : V＋～過

A : 가다＋보았다 → 가아 보았다 → <u>가 봤다</u>.　　（去；去過）

오다＋보았다 → 오아 보았다 → <u>와 봤다</u>.　　（來；來過）

읽다＋보았다 → 읽어 보았다 → <u>읽어 봤다</u>.　（讀；讀過）

공부하다＋보았다 → 공부하여 보았다 → <u>공부해 봤다</u>.

（學習；學習過）

B : 어제 학교에 <u>가 봤어요</u>.　昨天去過學校。

이 빵을 <u>먹어 봤어요</u>.　吃過這麵包。

한국어를 <u>배워 봤어요</u>.　學過韓語。

그 일을 <u>해 봤어요</u>.　做過那件事。

▶▶ 試著用「V＋아/어/여보았다（V＋～過）」完成下列句子。

C：그 사람을 _____. (부르다)

　사랑을 한번 _____. (하다)

　이 문제를 _____. (해결하다)

　이 음료수를 한번 _____. (마시다)

　비행기를 한번 _____. (타다)

　한국어를 _____. (읽다)

PART
1
課前學習

PART
2
初階學習

PART
3
進階學習

PART
4
附錄＆解答

제13과 라면은 어떻게 끓여야 해요?

第十三課 泡麵該怎麼煮呢?

━━■ 學習目標 ■━━

(1) N＋(이)나 N＋(이)나～ : 或者～

(2) V＋고 나서～ : 之後～

(3) N＋(이/가) 끓다 : ～滾、開、燙

(4) N＋(를/을) 끓이다 :

　　　煮、燒開、熬、煎熬

◈ 韓文會話

MP3 76

상철 : 소연 씨, 점심 때 밥이나 라면이나 빵을 먹을까요?

소연 : 저는 라면을 먹고 싶어요.

상철 : 라면을 어떻게 끓일 줄 아세요?

소연 : 네, 먼저 냄비에 물을 넣어요. 물이 끓으면 라면과 스프를 넣어요.
　　　마지막에 계란 하나를 넣으면 돼요.

상철 : 갑자기 저도 라면을 먹고 싶네요.

소연 : 라면을 끓이고 나서 파나 김치를 넣으면 더 맛있을 거예요.

◈ 會話翻譯

上徹：少妍小姐，中午我們要吃飯、還是泡麵、還是麵包呢？

少妍：我想吃泡麵。

上徹：知道怎麼煮泡麵嗎？

少妍：是的，先在鍋子裡放入水。水滾了的話把泡麵和調味包放進去，最後放一個雞蛋進去就好了。

上徹：突然我也想吃泡麵了。

少妍：把泡麵煮開了之後，放入蔥或者泡菜的話會更好吃。

◈ 單字

MP3 77

라면	泡麵；拉麵
빵	麵包
끓이다	煮（他動詞）
냄비	鍋子
넣다	放入
끓다	煮；滾（自動詞）
스프	調味包
마지막	最後
계란	雞蛋
갑자기	突然
파	蔥
김치	泡菜
맛있다	好吃
-V(으)세요.	請V
-A/V(으)세요?	請問A/V嗎？

(1) N＋(이)나 N＋(이)나~ : 或者~

接續在名詞之後表示列舉。

A : 사과나 수박이나 딸기를 사세요.

請買蘋果、或西瓜、或草莓。

김치나 김밥이나 라면 중에서 어떤 것이 더 맛있어요?

泡菜、或海苔飯卷、或泡麵，哪種更好吃？

겨울에 비나 눈이나 안개 중에서 뭐가 제일 많아요?

在冬天，是雨、還是雪、還是霧最多呢？

미국이나 중국, 한국은 모두 강한 나라예요.

美國、或中國、或韓國都是強大的國家。

. . . .

▶▶ 試著用「N＋(이)나 N＋(이)나~（或者~）」來完成下列句子。

B : 아침에 주로 무엇을 먹어요?

→ _____. (죽/빵)

주말에 무슨 운동을 해요?

→ _____. (축구/수영/농구)

평상시에 주로 어디에서 공부해요?

→ _____. (도서과/집)

언제 시간이 있으세요?

→ _____. (아침/저녁)

(2) V＋고 나서~：之後～

　　此詞彙組合型態是「動詞＋連接語尾고＋補助動詞나다」，其中的-아서是用來表示完成或順序。表示完全結束某動作之後接著做下一個動作。

A：밥을 <u>먹고 나서</u> 집에 가요.　　　　　　吃飯之後回家。

　　친구를 <u>만나고 나서</u> 같이 점심을 먹어요.　見朋友後一起吃午飯。

　　아침에 <u>일어나고 나서</u> 세수를 했어요.　　早上起床後洗臉。

　　어제 밤에 공부를 <u>하고 나서</u> 운동을 했어요.　昨天晚上讀書後做了運動。

▶▶ 試著用「V＋고 나서（之後～）」來完成下列句子。

B：빨래를 ＿＿＿＿＿＿＿＿＿＿＿＿＿＿ 청소를 해요. (하다)

　　미정이가 ＿＿＿＿＿＿＿＿＿＿＿＿ 미국에 갔어요. (졸업하다)

　　아빠가 아침을 ＿＿＿＿＿＿＿＿＿＿ 출근하셨어요. (먹다)

　　아이가 ＿＿＿＿＿＿＿＿＿＿＿＿＿ 자버렸어요. (울다)

(3) N＋(이/가) 끓다：～滾、開、燙

　　韓語的動詞，會依該動作是否自主為之，而區分為自動詞、他動詞（及物動詞）、使動詞（使役動詞）、被動詞等等。此詞彙組合型態只是其中之一。

　　<u>물이</u> 끓었어요.　水滾了。

　　<u>밥이</u> 끓었어요.　飯開了。

　　<u>몸이</u> 끓어요.　身體滾燙。

　　<u>배가</u> 끓어요.　肚子咕嚕咕嚕叫。

(4) N＋(를/을) 끓이다：煮、燒開、熬、煎熬

물을 끓였어요.   把水煮開了。 → 煮開水了。

밥을 끓였어요.   把飯燒好了。 → 燒飯好了。

죽을 끓였어요.   把粥熬好了。 → 熬好粥了。

국을 끓였어요.   把湯熬／煮開了。 → 煮好湯了。

속을 끓여요.   （把）內心煎熬。 → 煎熬著內心。

補充說明

表示「～行為終了（之後～）」的用法相當多，分述如下。

① V＋고

② V＋고 나서

③ V＋ㄴ/은 다음에

④ V＋고 난 다음에

⑤ V＋ㄴ/은 뒤에

⑥ V＋ㄴ/은 후에

① V＋고

술을 마시고 잤어요.   喝完酒後睡著了。

밥을 먹고 노래를 했어요.   吃過飯後唱了歌。

② V＋고 나서

술을 마시고 나서 잤어요.   喝完酒之後睡著了。

밥을 먹고 나서 노래를 했어요.   吃過飯之後唱了歌。

③ V＋ㄴ/은 다음에

술을 마신 다음에 잤어요.　　　　　喝完酒之後睡著了。

밥을 먹은 다음에 노래를 했어요.　　吃過飯之後唱了歌。

④ V＋고 난 다음에

술을 마시고 난 다음에 잤어요.　　　喝完酒之後睡著了。

밥을 먹고 난 다음에 노래를 했어요.　吃過飯之後唱了歌。

⑤ V＋ㄴ/은 뒤에

술을 마신 뒤에 잤어요.　　　　　　喝完酒後睡著了。

밥을 먹은 뒤에 노래를 했어요.　　　吃過飯後唱了歌。

⑥ V＋ㄴ/은 후에

술을 마신 후에 잤어요.　　　　　　喝完酒後睡著了。

밥을 먹은 후에 노래를 했어요.　　　吃過飯後唱了歌。

제14과 어떤 내용인지 알아요?

第十四課 你知道那是什麼樣的內容嗎？

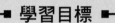
■ 學習目標 ■

(1) V/A＋ㄴ/는/은지 : 是不是～；是否～

(2) V/A＋지만～ : 但是

(3) N＋(이)랑～ : 和～

◈ 韓文會話
`MP3 78`

상철 : 소연 씨, 제가 한국 드라마를 보고 싶은데 요즘 뭐가 재미있는지
　　　알아요?

소연 : 요즘 "동이"가 인기가 많아요. 역사극인 것 같아요.

상철 : 그래요? 소연 씨도 봤어요?

소연 : 아뇨. 아직 못 봤지만 친구들이 다 보고 있는 것 같아요.

상철 : 어떤 내용인지 알아요?

소연 : 한국 조선 시대의 왕실이랑 후궁들의 이야기인 것 같아요.

상철 : 우와! 참 재미있는 것 같군요!

소연 : 내일 우리집에 와서 같이 시청합시다.

◈ 會話翻譯

上徹：少妍小姐，我想看韓劇，知道最近什麼比較有趣嗎？

少妍：最近《同伊》還滿受歡迎的，好像是歷史劇的樣子。

上徹：是喔？少妍小姐妳也看過了嗎？

少妍：不，雖然我還沒看過，但是朋友們好像都在看的樣子。

上徹：知道是什麼樣的內容嗎？

少妍：好像是韓國朝鮮時代王室和後宮們之間的故事。

上徹：哇！好像真的很有趣耶！

少妍：明天來我家一起看吧。

◈ 單字

MP3 79

드라마	電視劇
재미 있다	有趣
동이	同伊（歷史人物的名字）
인기	人氣
역사극	歷史劇
내용	內容
조선 시대	朝鮮時代
왕실	王室
후궁	後宮
이야기	故事；話題
시청하다	視聽；收視；收聽
-V읍시다/ㅂ시다	一起～吧！

PART 1 課前學習

PART 2 初階學習

PART 3 進階學習

PART 4 附錄&解答

✦ 文法練習

(1) V/A＋ㄴ/는/은지：是不是～、是否～

　　此詞彙組合型態接於名詞、動詞或形容詞語幹之後，表示不確定之事項。通常會與動詞「知道」、「不知道」一起使用，形成以下詞彙組合型態。

> N/V/A＋ㄴ/는/은지(를) 알다/모르다

-ㄴ/는/은지 與時制、詞類之搭配用法

現在時制		過去時制		未來時制	
無尾音	有尾音	無尾音	有尾音	無尾音	有尾音
N＋인지 V＋는지 A＋ㄴ지	N＋인지 V＋는지 A＋은지	N＋이었는지 V＋았/었/였는지 A＋았/었/였는지	N＋이었는지 V＋았/었/였는지 A＋았/었/였는지	V＋ㄹ지 A＋ㄹ지	V＋을지 A＋을지

① -ㄴ/는/은지與名詞之搭配用法

A：그는 천재<u>인지</u> 모르네요.　　　　（無尾音＋現在）

　　不知道他是不是天才。

　　그는 학생<u>인지</u> 모르네요.　　　　（有尾音＋現在）

　　不知道他是不是學生。

　　그는 천재이<u>었는지</u> 모르네요.　　（無尾音＋過去）

　　不知道他是否曾經是天才。

　　그는 학생이<u>었는지</u> 모르네요.　（有尾音＋過去）

　　不知道他是否曾經是學生。

▶▶ 試著用「-ㄴ/는/은지（～是不是、是否～）」依時態完成下列句子。

B：그 사람이 _____ 몰라요. (남자)　現在

　　그 느낌이 _____ 몰라요. (사랑)　現在

　　그 사람이 _____ 몰라요. (남자)　過去

　　그 느낌이 _____ 몰라요. (사랑)　過去

② -는（現在）/았/었/였는（過去）/을（未來）/ㄹ（未來）지與動詞之搭配用法

A：그는 가<u>는지</u> 몰라요.　　（無尾音＋現在）　不知道他是不是走了。

　　그는 먹<u>는지</u> 몰라요.　　（有尾音＋現在）　不知道他是不是吃了。

　　그는 <u>갔는지</u> 몰라요.　　（無尾音＋過去）　不知道他走了。

　　그는 먹<u>었는지</u> 몰라요.（有尾音＋過去）　不知道他吃了。

　　그는 <u>갈지</u> 몰라요.　　（無尾音＋未來）　不知道他去不去。

　　그는 먹<u>을지</u> 몰라요.　（有尾音＋未來）　不知道他吃不吃。

▶▶ 試著用「-는/았/었/였는/을/ㄹ지（～是不是、是否～）」依時態完成下列句子。

B：영민이가 _____ 몰라요. (결혼하다)　現在

　　영민이가 책을 _____ 몰라요. (읽다)　現在

　　영민이가 _____ 몰라요. (결혼하다)　過去

　　영민이가 책을 _____ 몰라요. (읽다)　過去

　　영민이가 _____ 몰라요. (결혼하다)　未來

　　영민이가 책을 _____ 몰라요. (읽다)　未來

③ -ㄴ（現在）/은（現在）/았/었/였는（過去）/을（未來）/ㄹ（未來）지與形容詞之搭配用法。

A：그는 배가 고픈지 몰라요.　　（無尾音＋現在）

　　不知道他是不是肚子餓。

　　물이 깊은지 몰라요.　　　　（有尾音＋現在）

　　不知道水是不是很深。

　　그는 배가 고팠는지 몰라요.（無尾音＋過去）

　　不知道他有沒有肚子餓了。

　　물이 깊었는지 몰라요.　　　（有尾音＋過去）

　　不知道水深不深。

　　그는 배가 고플지 몰라요.　　（無尾音＋未來）

　　不知道他會不會餓。

　　물이 깊을지 몰라요.　　　　（有尾音＋未來）

　　不知道水深不深。

備註：

　　未來時制與形容詞的搭配使用雖然合於文法，但是與狀態形容詞搭配時，意思上會有難以理解的矛盾情況。

▶▶ 試著用「-ㄴ/은/았/었/였는/을/ㄹ지（～是不是、是否～）」依時態完成下列句子。

B：영민이 _____ 몰라요. (예쁘다)　現在

　　사람이 _____ 몰라요. (많다)　　現在

　　영민이 _____ 몰라요. (예쁘다)　過去

　　사람이 _____ 몰라요. (많다)　　過去

　　영민이 _____ 몰라요. (예쁘다)　未來

　　사람이 _____ 몰라요. (많다)　　未來

(2) V/A＋지만~：但是

此連結語尾可與이다、動詞或形容詞一起搭配使用，表示「雖然～但是」之意思。

> ① N＋이지만
>
> ② V＋지만
>
> ③ A＋지만

① N＋이지만 雖然是N，但是～

A：휴가이지만 학교에 가야 해요.　　雖然放假，但是要去學校。

　　울보이지만 참 귀여워요.　　　　雖然愛哭，但是真可愛。

　　학생이지만 나이가 많아요.　　　雖然是學生，但是年紀大。

　　선생님이시지만 동안이시네요.　雖然是老師，但真是童顏啊。

▶▶ 試著用「N＋이지만（但是～）」完成下列句子。

B：그 사람이 _____ 힘없어요. (남자)

　　그 여자가 _____ 참 친절하시네요. (교수)

　　내일이 _____ 출근해야 해요. (토요일)

　　그 연예인이 _____ 마음이 나빠요. (미인)

② V＋지만

A : 내가 가<u>지만</u> 버스를 안 타요.　　　　　　（無尾音＋現在）

我雖然要去，但是不搭公車。

내가 먹<u>지만</u> 너도 먹어야 해요.　　　　　（有尾音＋現在）

我雖然吃，但是妳也要吃。

물을 마<u>셨지만</u> 목이 말라요.　　　　　　（無尾音＋過去）

雖然喝了水，但還是口渴。

돈이 있<u>었지만</u> 친한 친구가 없어요.　　　（有尾音＋過去）

雖然有錢，但沒有親近的朋友。

내일 떠나<u>겠지만</u> 다음주에 다시 올 거예요.　（無尾音＋未來）

明天雖然要離開，但是下星期還會來。

수술을 받<u>겠지만</u> 효과가 있을지 몰라요.　（有尾音＋未來）

雖然要動手術，但不知道有沒有效果。

⋯⋯⋯⋯⋯⋯⋯⋯⋯⋯⋯⋯⋯⋯⋯⋯⋯⋯⋯⋯⋯⋯⋯⋯⋯⋯⋯⋯⋯⋯⋯⋯⋯⋯⋯

▶▶ 試著用「V＋지만（但是～）」依時態完成下列句子。

B : 봄이 ＿＿＿＿＿＿＿＿＿＿ 안 따뜻해요. (오다)　　　　現在

선물을 ＿＿＿＿＿＿＿＿＿＿ 고맙지 않아요. (받다)　　　現在

봄이 ＿＿＿＿＿＿＿＿＿＿ 안 따뜻해요. (오다)　　　　過去

선물을 ＿＿＿＿＿＿＿＿＿＿ 좋아하지 않아요. (받다)　　過去

봄이 ＿＿＿＿＿＿＿＿＿＿ 안 따뜻할 거예요. (오다)　　未來

선물을 ＿＿＿＿＿＿＿＿＿＿ 고맙지 않을 거예요. (받다)　未來

③ A＋지만

A：누나가 예쁨지만 성격이 급해요.　　　（無尾音＋現在）

姐姐雖然漂亮，但是個性急躁。

개가 귀엽지만 너무 시끄러워요.　　　（有尾音＋現在）

狗雖然可愛，但是太吵。

머리가 아팠지만 지금 괜찮아요.　　　（無尾音＋過去）

頭雖然痛，但是現在沒關係。

어제 날씨가 좋았지만 지금 비가 오네요.　（有尾音＋過去）

昨天天氣雖然好，但現在下雨耶。

· ·

▶▶ 試著用「A＋지만」依時態完成下列句子。

B：키가 ＿＿＿＿＿＿＿＿＿＿＿＿＿ 소용없어요. (크다)　現在

나이가 ＿＿＿＿＿＿＿＿＿＿＿＿＿ 철없어요. (많다)　現在

날씨가 ＿＿＿＿＿＿＿＿＿＿ 지금 맑아요. (흐리다)　過去

날씨가 ＿＿＿＿＿＿＿＿＿＿＿ 지금 흐려요. (맑다)　過去

(3) N＋(이)랑~：和～

　　此助詞須與名詞搭配使用，和「-와/과」的用法一樣，但是差別在於「-와/과」用於比較正式的書寫體，或是較禮貌的談話上，而「-(이)랑」則純粹用於口語上，並帶有可愛、女性化、或者兒童色彩，屬於比較俏皮的語感。

A：어제 친구와 등산을 했어요.　　　昨天與朋友登山了。

어제 친구랑 등산을 했어요.　　　昨天和朋友登山了。

영민이 식구들과 같이 살아요.　　　英民與家人住在一起。

영민이 식구들이랑 같이 살아요.　　　英民和家人住在一起。

빵과 우유와 계란은 아침 식사로 좋은 재료죠.

麵包及牛奶還有雞蛋，是早餐的好材料吧。

빵이랑 우유랑 계란은 아침 식사로 좋은 재료죠.

麵包和牛奶和雞蛋，是早餐的好材料吧。

▶▶ 試著用「N＋(이)랑～（和～）」完成下列句子。

B：저 _____ 사귈까요? (와/과/(이)랑)

내일 우리 _____ 가우슝으로 갈까요? (와/과/(이)랑)

귤 _____ 딸기는 제일 맛있어요. (와/과/(이)랑)

돈 _____ 사랑 _____ 밥 _____ 일 중에서 어떤 것이 제일 중요해

요? (와/과/(이)랑)

補充說明

　　와/과/(이)랑這3個助詞還有一點差別，就是當一個句子中
出現2個以上的名詞時，若是用와/과做連接的話，習慣上不連
續使用，而(이)랑則沒有限制。

A：빵과 우유와 계란은 아침 식사로 좋은 재료죠.

麵包及牛奶跟雞蛋，是早餐的好材料吧。

→ 빵, 우유와 계란은 아침 식사로 좋은 재료죠.

麵包、牛奶和雞蛋，是早餐的好材料吧。

→ 빵과 우유, 그리고 계란은 아침 식사로 좋은 재료죠.

麵包與牛奶、還有雞蛋，是早餐的好材料吧。

→ 빵이랑 우유랑 계란은 아침 식사로 좋은 재료죠.

麵包和牛奶和雞蛋，是早餐的好材料吧。

B : 돈과 사랑과 밥과 일 중에서 어떤 것이 제일 중요해요?

　　金錢與愛情跟飯和事業，哪一個最重要？

→ 돈, 사랑, 밥, 그리고 일 중에서 어떤 것이 제일 중요해요?

　　金錢、愛情、飯還有事業，哪一個最重要？

→ 돈, 사랑, 밥과 일 중에서 어떤 것이 제일 중요해요?

　　金錢、愛情、飯及事業，哪一個最重要？

→ 돈과 사랑, 그리고 밥과 일 중에서 어떤 것이 제일 중요해요?

　　金錢與愛情，還有飯及事業，哪一個最重要？

→ 돈이랑 사랑이랑 밥이랑 일 중에서 어떤 것이 제일 중요해요?

　　金錢和愛情和飯和事業，哪一個最重要？

제15과 나는 잘 지내고 있어.

第十五課 我過得很好。

■■ 學習目標 ■■

(1) V/A＋니? : ～嗎

(2) V/A＋아/어/여 :
　　非格式體下待法／半語

(3) N＋에 익숙해지다 :
　　已習慣於～、對於～變得熟悉

◈ 韓文會話
MP3 80

소연에게

　소연아, 나야.

　잘 지내고 있니? 난 잘 지내고 있어. 네가 여기에 없으니까 비가 자주 오는 것 같아. 네가 여기에 없어서 비가 오는 게 아니고 내 곁에 없기 때문에 먹구름이 자주 몰려온다는 뜻이야. 지금 내가 얼마나 너를 그리워하는지 아니? 가끔씩 내 생각도 하는지 모르겠다. 역시나 그럴 리가 없겠지. 여긴 너무 춥다. 그래도 난 괜찮아. 슬프지만 네가 없는 생활에 익숙해졌기 때문에 걱정해주지 않아도 돼. 그동안 잘해 주지 못해서 미안해. 그리고 고마웠어. 부디 날 잊으면 안 돼. 건강하고 행복해야 해.

참, 비가 또 오네.

그리고 네 생각도……

안녕.

한국에서 상철

◈ 會話翻譯

給少妍

　　少妍，是我。

　　妳過得好嗎？我過得很好。大概是因為妳不在這裡了，所以時常下雨吧。意思是說，並不是因為妳不在這裡才下雨，而是因為妳不在我身邊了，所以烏雲似乎時常湧來的樣子。知道我現在有多思念妳嗎？不知道妳偶爾是否也會想起我？是啊，應該是不會的，這裡好冷，但是我沒有關係。雖然悲傷，但是因為我已經習慣沒有妳的生活，所以不必為我擔心。對不起，過去沒能好好對待妳，還有謝謝妳，別把我給忘記了。祝妳健康、幸福。

欸，又下雨了。

也想起妳了……

再見。

在韓國 上徹

◈ 單字

MP3 **81**

지내다	過日子
먹구름	烏雲
몰려오다	湧來
자주	時常

곁	身旁
얼마나	多麼
가끔씩	偶爾
슬프다	悲傷
꼭	一定
익숙해지다	變的習慣
잊다	忘記

◈ 文法練習

(1) V/A＋니？：～嗎？

　　此疑問型終結語尾，是半語體制的疑問句尾，用在對小朋友、非常親近的朋友之間，可與-이다、動詞或形容詞一起搭配使用。

① N＋(이)니

② V＋니

③ A＋(으)니/A＋니（無關有無語尾音亦可）

① N＋(이)니

極尊待　　　　　一般尊待　　　　下待

A：학생이십니까?　→ 학생이세요?　→ 학생이니?　是學生嗎？

　　총장님이십니까? → 총장님이세요? → 총장이니?　是校長嗎？

▶ 試著依照「極尊待」、「一般尊待」、「下待」的格式體變化完
成下列句子，並填入空格中。

極尊待	一般尊待	下待
B: _____ 십니까? →	_____ 세요? →	_____ 니? (감기)
_____ 십니까? →	_____ 세요? →	_____ 니? (교수)

그 사람이 바보였어요?

→ _____ ? (-니?)

그 일을 완성하셨어요?

→ _____ ? (-니?)

② V+니

極尊待	一般尊待	下待	
A: 어디 갑니까?	→ 어디 가요?	→ 어디 가니?	去哪裡？
책을 읽으십니까?	→ 책을 읽어요?	→ 책을 읽니?	讀書嗎？
밥을 드셨습니까?	→ 밥을 먹었어요?	→ 밥을 먹었니?	吃飯了嗎？
편히 주무셨습니까?	→ 잘 잤어요?	→ 잘 잤니?	

好好睡（晚安）。

▶ 試著依照「極尊待」、「一般尊待」、「下待」的格式體變化完
成下列句子，並填入空格中。

極尊待	一般尊待	下待	
B: 비가 _____? →	비가 _____? →	비가 _____?	(내리다)
비가 _____? →	비가 _____? →	비가 _____?	(내렸다)
생각이 _____? →	생각이 _____? →	생각이 _____?	(나다)
생각이 _____? →	생각이 _____? →	생각이 _____?	(났다)

③ A＋(으)니/A＋니（無關有無語尾音亦可）

|極尊待|一般尊待|下待|

A：꽃이 예쁩니까? → 꽃이 예뻐요? → 꽃이 예쁘<u>니</u>?

花漂亮嗎？

그림이 아름답습니까? → 그림이 아름다워요? → 그림이 아름다우<u>니</u>?

圖畫美麗嗎？

머리가 아프셨습니까? → 머리가 아팠어요? → 머리가 아팠<u>니</u>?

頭痛嗎？

기분이 좋으셨습니까? → 기분이 좋았어요? → 기분이 좋았<u>니</u>?

心情好嗎？

• •

▶▶ 試著依照「極尊待」、「一般尊待」、「下待」的格式體變化完成下列句子，並填入空格中。

|極尊待|一般尊待|下待|

B：차가 _____ ? → 차가 _____ ? → 차가 _____ ?（맛있다）

차가 _____ ? → 차가 _____ ? → 차가 _____ ?（맛있었다）

날씨가 _____ ? → 날씨가 _____ ? → 날씨가 _____ ?（흐리다）

날씨가 _____ ? → 날씨가 _____ ? → 날씨가 _____ ?（흐렸다）

(2) V/A＋아/어/여：非格式體下待語尾／半語

　　所謂「非格式體下待語尾」，又稱為「半語」，是「終結語尾待遇法」的一種，屬於「下待法的終結語尾」，用在長者對年幼者，或者親近朋友親人之間，不可以用於正式場合。由於半語既有「蔑視」的意思，也可以用來表示「親近」，故稱為「下待」。

A：格式體與非格式體語尾變化

範例 ＼ 話階	格式體敬語語尾 -ㅂ니다/습니다 -ㅂ니까/습니까	非格式體敬語語尾 -아요/어요/여요	非格式體下待語尾 -아/어/여
가다（去）	갑니다. 갑니까?	가요. 가요?	가. 가?
읽다（讀）	읽습니다. 읽습니까?	읽어요. 읽어요?	읽어. 읽어?
공부하다（讀書）	공부합니다. 공부합니까?	공부해요. 공부해요?	공부해. 공부해?
아프다（痛）	아픕니다. 아픕니까?	아파요. 아파요?	아파. 아파?
깊다（深）	깊습니다. 깊습니까?	깊어요. 깊어요?	깊어. 깊어?
덥다（熱）	덥습니다. 덥습니까?	더워요. 더워요?	더워. 더워?

▶▶ 試著依照「格式體敬語語尾」、「非格式體敬語語尾」、「非格式體下待語尾（半語）」的格式體變化完成下列句子，並填入空格中。

　　　格式體敬語語尾　　　　　非格式體敬語語尾　　　非格式體下待語尾（半語）

B：미국으로 떠납니까? →　＿＿＿＿＿＿＿？ ＿＿＿＿＿＿＿？

　　빵을 먹습니까?　 →　＿＿＿＿＿＿＿？ ＿＿＿＿＿＿＿？

　　물을 마십니까?　 →　＿＿＿＿＿＿＿？ ＿＿＿＿＿＿＿？

사랑합니까? → _____? _____?

가르칩니까? → _____? _____?

한국어를 배웁니까? → _____? _____?

가고 있습니까? → _____? _____?

배가 고픕니까? → _____? _____?

날씨가 춥습니까? → _____? _____?

C：格式體與非格式體語尾加上時態的變化

時制範例	格式體敬語語尾		非格式體敬語語尾		非格式體下待語尾	
	過去	現在	過去	現在	過去	現在
	-았/었/였습니다 -았/었/였습니까	-습니다 -습니까	-았/었/였어요	-아/어/여요	-았/었/였어	-아/어/여
가다 （去）	갔습니다. 갔습니까?	갑니다. 갑니까?	갔어요. 갔어요?	가요. 가요?	갔어. 갔어?	가. 가?
읽다 （讀）	읽었습니다. 읽었습니까?	읽습니다. 읽습니까?	읽었어요. 읽었어요?	읽어요. 읽어요?	읽었어. 읽었어?	읽어. 읽어?
공부하다 （讀書）	공부했습니다. 공부했습니까?	공부합니다. 공부합니까?	공부했어요. 공부했어요?	공부해요. 공부해요?	공부했어. 공부했어?	공부해. 공부해?
아프다 （痛）	아팠습니다. 아팠습니까?	아픕니다. 아픕니까?	아팠어요. 아팠어요?	아파요. 아파요?	아팠어. 아팠어?	아파. 아파?
깊다 （深）	깊었습니다. 깊었습니까?	깊습니다. 깊습니까?	깊었어요. 깊었어요?	깊어요. 깊어요?	깊었어. 깊었어?	깊어. 깊어?

덥다 （熱）	더웠습니다.	덥습니다.	더웠어요.	더워요.	더웠어.	더워.
	더웠습니까?	덥습니까?	더웠어요?	더워요?	더웠어?	더워?

▶▶ 試著依照「格式體敬語語尾」、「非格式體敬語語尾」、「非格式體下待語尾（半語）」的格式體變化完成下列句子，並填入空格中。

格式體敬語語尾	非格式體敬語語尾	非格式體下待語尾（半語）

D：미국으로 떠났습니까? → _____ ? _____ ?

　　빵을 먹었습니까?　　 → _____ ? _____ ?

　　물을 마셨습니까?　　 → _____ ? _____ ?

　　사랑했습니까?　　　 → _____ ? _____ ?

　　가르쳤습니까?　　　 → _____ ? _____ ?

　　한국어를 배웠습니까? → _____ ? _____ ?

　　가고 있었습니까?　　 → _____ ? _____ ?

　　배가 고팠습니까?　　 → _____ ? _____ ?

　　날씨가 추웠습니까?　 → _____ ? _____ ?

▶▶ 試著依照「格式體敬語語尾」、「非格式體敬語語尾」、「非格式體下待語尾（半語）」的格式體變化完成下列句子，並填入空格中。

格式體敬語語尾	非格式體敬語語尾	非格式體下待語尾（半語）

E：미국으로 떠나겠습니까? → _____ ? _____ ?

　　빵을 먹겠습니까?　　 → _____ ? _____ ?

　　물을 마시겠습니까?　 → _____ ? _____ ?

　　사랑하겠습니까?　　 → _____ ? _____ ?

가르치겠습니까?　　　　　→ ＿＿＿＿＿＿＿＿＿？ ＿＿＿＿＿＿＿＿＿？

한국어를 배우겠습니까? → ＿＿＿＿＿＿＿＿＿？ ＿＿＿＿＿＿＿＿＿？

가겠습니까?　　　　　　→ ＿＿＿＿＿＿＿＿＿？ ＿＿＿＿＿＿＿＿＿？

배가 고프겠습니까?　　→ ＿＿＿＿＿＿＿＿＿？ ＿＿＿＿＿＿＿＿＿？

날씨가 춥겠습니까?　　→ ＿＿＿＿＿＿＿＿＿？ ＿＿＿＿＿＿＿＿＿？

(3) N＋에 이숙해지다：已習慣於～、對於～變得熟悉

此詞彙組合型態通常與名詞作搭配使用，表示習慣於某事物。

A：학교 생활에 익숙해졌어요.　　　　對於學校生活變得熟悉。

운전에 익숙해졌어요.　　　　　　已經熟悉開車。

그는 외국 사정에 익숙해졌어요.　他對於國外的事情已經習慣了。

바쁜 시간에 익숙해졌어요.　　　　已習慣於忙碌的時間。

◆試著用「N＋에 이숙해지다（已習慣於～、對於～變得熟悉）」
完成下列句子，並填入空格中。。

B：아침의 맑은 공기/익숙해지다.

→ ＿＿＿＿＿＿＿＿＿＿＿＿＿＿＿＿＿.

사랑이 없는 인생/익숙해지다.

→ ＿＿＿＿＿＿＿＿＿＿＿＿＿＿＿＿＿.

요리하는 방법/익숙해지다.

→ ＿＿＿＿＿＿＿＿＿＿＿＿＿＿＿＿＿.

선생님의 잔소리/익숙해지다.

→ ＿＿＿＿＿＿＿＿＿＿＿＿＿＿＿＿＿.

PART 4
附錄&解答

本單元整理了在各種不同場合可相對應用的單字表，如對人物的稱呼、時間、國家、數字等單字。最後還集統本書所有文法練習的解答，讓你了解自己的學習成效。

1. 家族親戚稱呼

❶	❷	❸
고조부/고조할아버지 高祖父	고조모/고조할머니 高祖母	증조부/증조할아버지 曾祖父

❹	❺	❻
증조모/증조할머니 曾祖母	할아버지 爺爺	할머니 奶奶

❼	❽	❾
외할아버지 外公	외할머니 外婆	아버지/아빠 父親

❿	⓫	⓬
어머니/엄마 母親	큰아버지/큰아빠 伯父	큰어머니/큰엄마 伯母

⓭	⓮	⓯
작은아버지/작은아빠 叔父	작은어머니/작은엄마 叔母	삼촌 叔叔（未婚）

⓰	⓱	⓲
외삼촌 舅舅	외숙모 舅媽	고모 姑姑

⓳	⓴	㉑
이모 阿姨	오빠 哥哥（女對男稱呼）	형 兄／哥哥／大哥（男對男稱呼）

22 언니
姊姊（女對女稱呼）

23 누나
姊姊（男對女稱呼）

24 여동생
妹妹

25 남동생
弟弟

26 아들
兒子

27 딸
女兒

28 손자
孫子

29 손녀
孫女

30 내종 사촌
堂兄弟姊妹（內從四寸，四等親）

31 외종 사촌
表兄弟姊妹（外從四寸，四等親）

32 남편
老公

33 아내
老婆

34 약혼자
未婚夫／訂婚人

35 약혼녀
未婚妻

36 조카
姪子／姪兒

37 조카딸
姪女

38 약혼남
未婚夫

2. 學校人際關係稱呼

1
이사장
董事長（私立學校）

2
총장
總長（大學）

3
교장
校長（高中／國中／國小）

4
학장
校長（專科二年制）

5
교수
教授

6
선생(님)
老師

7
학생
學生

8
연구생、대학원생
研究生

9
대학생
大學生

10
고등학생
高中生

11
중학생
國中生

12
초등학생
小學生

13
선배
學長／學姊

14
후배
學弟／學妹

3. 職場人際關係稱呼

MP3 84

1
회장
會長

2
사장/대표이사
社長／代表理事

3
전무이사
專務理事

4
상무이사
常務理事

5
이사
理事

6
부장
部長

7
차장
次長

8
과장
課長

9
대리
代理

10
직원/사원
職員

4. 時間相關單字

MP3 85

◈ 星期

1	**2**	**3**	**4**
월요일	화요일	수요일	목요일
星期一	星期二	星期三	星期四

5	**6**	**7**
금요일	토요일	일요일
星期五	星期六	星期日

◈ 時間1

1	**2**	**3**	**4**
년	월	일	시
年	月	日	時

5	**6**
분	초
分	秒

◈ 月份

1 일월 一月	**2** 이월 二月	**3** 삼월 三月	**4** 사월 四月
5 오월 五月	**6** 유월 六月	**7** 칠월 七月	**8** 팔월 八月
9 구월 九月	**10** 시월 十月	**11** 십일월 十一月	**12** 십이월 十二月

◈ 日

1 평일 平日	**2** 주말 週末	**3** 휴일/공휴일 公休日	**4** 휴가 休假
5 여름방학 暑假	**6** 겨울방학 寒假	**7** 그저께/그제 前天	**8** 어저께/어제 昨天
9 오늘 今天	**10** 내일 明天	**11** 모레 後天	**12** 매일 每天

◈ 年

1 재작년
前年

2 작년
去年

3 올해/금년
今年

4 내년
明年

5 후년
後年

6 매년
每年

◈ 週

1 주
週

2 저저번주/지지난주
上上週

3 저번주/지난주
上週

4 이번주
這週

5 다음주
下週

6 다다음주
下下週

7 매주
每週

◈ 月

1 저저번달/지지난달
上上個月

2 저번달/지난달
上個月

3 이번달
這個月

4 다음달
下個月

5 다다음달
下下個月

6 매월
每個月

◈ 時間2

1 새벽
凌晨／早晨

2 아침
早上／早餐

3 오전
上午

4 점심
中午／午餐

5 오후
下午

6 저녁
傍晚／晚餐

7 밤
晚上／夜晚

◈ 天數

1 일 일/하루
一天

2 이 일/이틀
兩天

3 삼 일/사흘
三天

4 사 일/나흘
四天

5 오 일/닷새
五天

6 육 일/엿새
六天

7 칠 일/이레
七天

8 팔 일/여드레
八天

9 구 일/아흐레
九天

10 십일/열흘
十天

5. 國家-首都相關單字

1

미국
美國

워싱턴 디시
華盛頓D.C.

2

영국
英國

런던
倫敦

3

프랑스
法國

파리
巴黎

4

독일
德國

베를린
柏林

5

이탈리아
義大利

로마
羅馬

6

캐나다
加拿大

오타와
渥太華

7

멕시코
墨西哥

멕시코시티
墨西哥市

8

러시아
俄羅斯

모스코바
莫斯科

9

중국
中國

베이징
北京

10

한국
韓國

서울
首爾

11

일본
日本

도쿄
東京

12

대만
台灣

타이페이
台北

13	14	15
태국 泰國	**인도네시아** 印度尼西亞	**필리핀** 菲律賓
방콕 曼谷	**자카르타** 雅加達	**마닐라** 馬尼拉

16	17	18
뉴질랜드 紐西蘭	**호주/오스트레일이라** 澳洲	**싱가포르** 新加坡
웰링턴 威靈頓	**캔버라** 坎培拉	**싱가포르** 新加坡

19	20	21
말레이시아 馬來西亞	**스페인** 西班牙	**스위스** 瑞士
콸라룸푸르 吉隆坡	**마드리드** 馬德里	**베른** 伯恩

6. 衣服類相關單字

MP3 87

1 코트/외투
大衣／外套

2 양복
西裝

3 셔츠
襯衫

4 티셔츠
T恤

5 스웨터
毛衣

6 바지
褲子

7 청바지
牛仔褲

8 치마
裙子

9 운동복
運動服

10 수영복
泳衣

11 잠옷
睡衣

12 한복
韓服

13 웨딩드레스
結婚禮服

14 칼라
衣領

15 소매
袖子

16 주머니
口袋

17 단추
扣子

18 지퍼
拉鏈

7. 顏色相關單字

MP3 88

1 검은색
黑色

2 회색
灰色

3 하얀색
白色

4 파란색
藍色

5 녹색
綠色

6 빨간색
紅色

7 주황색
橘色

8 보라색
紫色

9 분홍색
粉紅色

10 노란색
黃色

11 금색
金色

PART 1 課前學習

PART 2 初階學習

PART 3 進階學習

PART 4 附錄 & 解答

8. 料理相關單字

MP3 89

◈ 調味料

1 소금 鹽	**2** 조미료 味精	**3** 설탕 糖	**4** 엿 麥芽糖
5 간장 醬油	**6** 된장 味噌醬	**7** 고추장 辣椒醬	**8** 케첩 番茄醬
9 마요네즈 美乃滋	**10** 고춧가루 辣椒粉	**11** 치즈가루 起士粉	**12** 식용유 沙拉油
13 후춧가루 胡椒粉	**14** 식초 醋	**15** 겨자 芥末	

◈ 器具

1 **쟁반** 托盤	2 **냄비** 鍋子	3 **프라이팬** 平底鍋	4 **주전자** 水壺
5 **접시** 盤子／碟子	6 **대접** 大碗	7 **그릇** 碗	8 **컵** 杯子
9 **국자** 勺子	10 **숟가락** 湯匙	11 **젓가락** 筷子	12 **나무젓가랏** 竹筷
13 **포크** 叉子	14 **칼** 刀子（在廚房裡用）	15 **병따개** 開瓶器	

9. 場所相關單字

MP3 90

1	2	3
공항 機場	포장마차/노점상 路邊攤	노래방 KTV

4	5	6
PC방 網咖	학원 補習班	가게 商店

7	8	9
편의점 便利商店	슈퍼마켓 超級市場	이발소 理髮店

10	11	12
미용실 美容院	주유소 加油站	제과점/빵집 麵包店

13	14	15
철물점 五金行	파출소 派出所	경찰서 警察局

16	17	18
목욕탕 澡堂	은행 銀行	호텔 飯店

19	20	21
약국 藥局	영화관/극장 電影院	백화점 百貨公司

22 서점 書店	23 시장 市場	24 식당 餐廳
25 레스토랑 西餐廳	26 커피숍/까페 咖啡廳	27 교회 教會
28 절 寺廟（佛寺）	29 병원 醫院	30 우체국 郵局

PART 1 課前學習

PART 2 初階學習

PART 3 進階學習

PART 4 附錄&解答

10. 其他日常人事物生活相關單字

1 아저씨
大叔／先生／老闆

2 아주머니/아줌마
大嬸／太太／老闆娘

3 담배
香菸

4 라이터
打火機

5 샴푸
洗髮精

6 린스
潤絲精

7 치약
牙膏

8 수건
毛巾

9 칫솔
牙刷

10 컵
杯子

11 비누
肥皂

12 휴지
衛生紙

13 휴지통/스레기통
垃圾桶

14 가스레인지
瓦斯爐

15 전저레인지
微波爐

16 세탁기
洗衣機

17 오븐
烤箱

18 믹서기
果汁機

19 냉장고
冰箱

20 전기밥솥
電鍋

11. 韓文數字

MP3 92

◈ 漢字語數字

일 1	이 2	삼 3	사 4	오 5
육 6	칠 7	팔 8	구 9	십 10
십일 11	십이 12	십삼 13	십사 14	십오 15
십육 16	십칠 17	십팔 18	십구 19	이십 20
이십일 21	이십이 22	이십삼 23	이십사 24	이십오 25
이십육 26	이십칠 27	이십팔 28	이십구 29	삼십 30
삼십일 31	삼십이 32	삼십삼 33	삼십사 34	삼십오 35
삼십육 36	삼십칠 37	삼십팔 38	삼십구 39	사십 40

사십일 41	사십이 42	사십삼 43	사십사 44	사십오 45
사십육 46	사십칠 47	사십팔 48	사십구 49	오십 50
오십일 51	오십이 52	오십삼 53	오십사 54	오십오 55
오십육 56	오십칠 57	오십팔 58	오십구 59	육십 60
육십일 61	육십이 62	육십삼 63	육십사 64	육십오 65
육십육 66	육십칠 67	육십팔 68	육십구 69	칠십 70
칠십일 71	칠십이 72	칠십삼 73	칠십사 74	칠십오 75
칠십육 76	칠십칠 77	칠십팔 78	칠십구 79	팔십 80
팔십일 81	팔십이 82	팔십삼 83	팔십사 84	팔십오 85

팔십육	팔십칠	팔십팔	팔십구	구십
86	87	88	89	90

구십일	구십이	구십삼	구십사	구십오
91	92	93	94	95

구십육	구십칠	구십팔	구십구	백
96	97	98	99	100

◈ 固有語數字　　MP3 93

하나	둘	셋	넷	다섯
1	2	3	4	5

여섯	일곱	여덟	아홉	열
6	7	8	9	10

열하나	열둘	열셋	열넷	열다섯
11	12	13	14	15

열여섯	열일곱	열여덟	열아홉	스물
16	17	18	19	20

스물하나	스물둘	스물셋	스물넷	스물다섯
21	22	23	24	25

스물여섯 26	스물일곱 27	스물여덟 28	스물아홉 29	서른 30
서른하나 31	서른둘 32	서른셋 33	서른넷 34	서른다섯 35
서른여섯 36	서른일곱 37	서른여덟 38	서른아홉 39	마흔 40
마흔하나 41	마흔둘 42	마흔셋 43	마흔넷 44	다섯 45
마흔여섯 46	마흔일곱 47	마흔여덟 48	마흔아홉 49	쉰 50
쉰하나 51	쉰둘 52	쉰셋 53	쉰넷 54	쉰다섯 55
쉰여섯 56	쉰일곱 57	쉰여덟 58	쉰아홉 59	예순 60
예순하나 61	예순둘 62	예순셋 63	예순넷 64	예순다섯 65
예순여섯 66	예순일곱 67	예순여덟 68	예순아홉 69	일흔 70

일흔하나 71	일흔둘 72	일흔셋 73	일흔넷 74	일흔다섯 75
일흔여섯 76	일흔일곱 77	일흔여덟 78	일흔아홉 79	여든 80
여든하나 81	여든둘 82	여든셋 83	여든넷 84	여든다섯 85
여든여섯 86	여든일곱 87	여든여덟 88	여든아홉 89	아흔 90
아흔하나 91	아흔둘 92	아흔셋 93	아흔넷 94	아흔다섯 95
아흔여섯 96	아흔일곱 97	아흔여덟 98	아흔아홉 99	백 100

12. 文法練習題解答

7.韓文的代表音

代表音練習

①앉→ㄵ→ㄴ→[안]　②젊→ㄻ→ㅁ→[점]　③값→ㅄ→ㅂ→[갑]
④핥→ㄾ→ㄹ→[할]　⑤엌→ㅋ→ㄱ→[억]　⑥찾→ㅈ→ㄷ→[찬]
⑦갚→ㅍ→ㅂ→[갑]　⑧빛→ㅊ→ㄷ→[빈]

第二課　格式體敬語語尾──格式體

文法練習

▶▶ 試著將下列單字，搭配格式體敬語的組合樣式填入空格內。

肯定句	疑問句)
＋습니다 ＋ㅂ니다	＋습니까 ＋ㅂ니까
옵니다.	옵니까?
봅니다.	봅니까?
읽습니다.	읽습니까?
듣습니다.	듣습니까?
공부합니다.	공부합니까?
운동합니다.	운동합니까?
씁니다.	씁니까?
십니다.	십니까?
맵습니다.	맵습니까?
높습니다.	높습니까?
많습니다.	많습니까?
적습니다.	적습니까?
심심합니다.	심심합니까?
불쌍합니다.	불쌍합니까?

第三課 是蘋果嗎？

文法練習

▶▶ 試著完成下列表格中的句子。

肯定句（是N）	疑問句（是N嗎？）
학생입니다.	학생입니까?
교실입니다.	교실입니까?
책입니다.	책입니까?
친구입니다.	친구입니까?
나무입니다.	나무입니까?
꽃입니다.	꽃입니까?
나비입니다.	나비입니까?
남자입니다.	남자입니까?
자전거입니다.	자전거입니까?
해바라기입니다.	해바라기입니까?
아이스크림입니다.	아이스크림입니까?

第四課 這個是蘋果嗎？

文法練習

▶▶ 試著選出適當的主格助詞，並填入空格中。

이	가
책이	✕
✕	나무가
꽃이	✕
✕	자전거가
✕	해바라기가
아이스크림이	✕

▶▶ 試著填入適當的主格助詞，並填入空格中。

대만 (이) 台灣	학생 (이) 學生	선생님 (이) 老師	어머니 (가) 媽媽	아버지 (가) 爸爸
한국 (이) 韓國	학교 (가) 學校	영어책 (이) 英文書	어머님 (이) 母親	아버님 (이) 父親

▶▶ 試著完成下列表格中的句子。

肯定句（S是N）	疑問句（S是N嗎？）
이것이 책입니다. 這是書。	이것이 책입니까? 這是書嗎？
이것이 나무입니다. 這是樹。	이것이 나무입니까? 這是樹嗎？
이것이 꽃입니다. 這是花。	이것이 꽃입니까? 這是花嗎？
이것이 자전거입니다. 這是腳踏車。	이것이 자전거입니까? 這是腳踏車嗎？
그(저)것이 해바라기입니다. 那是向日葵。	그(저)것이 해바라기입니까? 那是向日葵嗎？
그(저)것이 아이스크림입니다. 那是冰淇淋。	그(저)것이 아이스크림입니까? 那是冰淇淋嗎？

第五課 這個是什麼?

文法練習

▶▶ 試著選出適當的主格助詞及語尾，並填入空格中。

이것<u>이</u> 사과<u>입니다</u>.
이것<u>이</u> 사과<u>입니까</u>?
그것<u>이</u> 과일<u>입니다</u>.
그것<u>이</u> 과일<u>입니까</u>?

▶▶ 試著選出適當的主格助詞和補助詞，並填入空格中。

이/가	은/는
책이	책은
나무가	나무는
꽃이	꽃은
자전거가	자전거는
해바라기가	해바라기는
아이스크림이	아이스크림은

▶▶ 試著填入適當的主格助詞和補助詞，並填入空格中。

대만 (이) 대만 (은) 台灣	학생 (이) 학생 (은) 學生	선생님 (이) 선생님 (은) 老師	어머니 (가) 어머니 (는) 媽媽	아버지 (가) 아버지 (는) 爸爸
한국 (이) 한국 (은) 韓國	학교 (가) 학교 (는) 學校	영어책 (이) 영어책 (은) 英文書	어머님 (이) 어머님 (은) 母親	아버님 (이) 아버님 (은) 父親

▶▶ 試著用補助詞「은/는」，完成下列表格中的句子。

肯定句（S是N）	疑問句（S是N嗎？）
이것은 책입니다. 這是書。	이것은 책입니까? 這是書嗎？
이것은 나무입니다. 這是樹。	이것은 나무입니까? 這是樹嗎？
이것은 꽃입니다. 這是花。	이것은 꽃입니까? 這是花嗎？
이것은 자전거입니다. 這是腳踏車。	이것은 자전거입니까? 這是腳踏車嗎？
그(저)것은 해바라기입니다. 那是向日葵。	그(저)것은 해바라기입니까? 那是向日葵嗎？
그(저)것은 아이스크림입니다. 那是冰淇淋。	그(저)것은 아이스크림입니까? 那是冰淇淋嗎？

第六課 我們是學生。

文法練習

▶▶ 試著寫出正確的主格助詞與補助詞。

韓文：남자들<u>이</u> 학생입니다. 남자들<u>은</u> 학생입니까?

▶▶ 選出正確主格助詞與輔助詞。

①저(은, <u>는</u>) 대만 사람입니다. ; 그(이, <u>가</u>) 대만 사람입니다.
②그 사람(<u>은</u>, 는) 경찰입니다. ; 그 사람(<u>이</u>, 가) 경찰입니다.
③우리(은, <u>는</u>) 학생입니까? ; 우리(이, <u>가</u>) 학생입니까?

第七課 去嗎？

文法練習

▶ 試著將下列動詞，依肯定句、疑問句形式，完成句子並填入空格中。

肯定句	疑問句
＋습니다 ＋ㅂ니다	＋습니까? ＋ㅂ니까?
옵니다.	옵니까?
봅니다.	봅니까?
읽습니다.	읽습니까?
듣습니다.	듣습니까?
내립니다.	내립니까?
내려갑니다.	내려갑니까?
공부합니다.	공부합니까?
운동합니다.	운동합니까?
계산합니다.	계산합니까?
운전합니다.	운전합니까?

▶▶ 試著完成下列對話。

혜영 : 읽습니까?
상철 : 예, 읽습니다.

혜영 : 마십니까?
상철 : 예, 마십니다.

혜영 : 샤워합니까?
상철 : 예, 샤워합니다.

第八課 上徹先生去嗎？

▶▶ 試著將下列主詞、動詞搭配組合，依肯定句及疑問句形式，完成句子並填入空格中。

	完成句子
肯定句	형이 옵니다./형은 옵니다.
疑問句	형이 옵니까?/형은 옵니까?
肯定句	저희가 옵니다./저희는 옵니다.
疑問句	저희가 옵니까?/저희는 옵니까?
肯定句	그가 읽습니다./그는 읽습니다.
疑問句	그가 읽습니까?/그는 읽습니까?
肯定句	그들이 듣습니다./그들은 듣습니다.
疑問句	그들이 듣습니까?/그들은 듣습니까?
肯定句	그분이 잡니다./그분은 잡니다.
疑問句	그분이 잡니까?/그분은 잡니까?

完成句子	
肯定句	당신이 내려갑니다./당신은 내려갑니다.
疑問句	당신이 내려갑니까?/당신은 내려갑니까?
肯定句	자네가 공부합니다./자네는 공부합니다.
疑問句	자네가 공부합니까?/자네는 공부합니까?
肯定句	우리가 운동합니다./우리는 운동합니다.
疑問句	우리가 운동합니까?/우리는 운동합니까?
肯定句	친구가 계산합니다./친구는 계산합니다.
疑問句	친구가 계산합니까?/친구는 계산합니까?
肯定句	선생님이 운전합니다./선생님은 운전합니다.
疑問句	선생님이 운전합니까?/선생님은 운전합니까?

▶▶ 試著完成下列對話。

혜영 : 친구가 읽습니까?
상철 : 예, 친구가 읽습니다.

혜영 : 학생들이 마십니까?
상철 : 예, 학생들이 마십니다.

혜영 : 동생은 공부합니까?
상철 : 예, 동생은 공부합니다.

第九課 冷嗎?

文法練習

▶▶ 試著將下列形容詞，依肯定句、疑問句形式，完成句子並填入空格中。

肯定句	疑問句
＋습니다 ＋ㅂ니다	＋습니까? ＋ㅂ니까?
깊습니다.	깊습니까?
많습니다.	많습니까?
적습니다.	적습니까?
슬픕니다.	슬픕니까?
바쁩니다.	바쁩니까?
고픕니다.	고픕니까?
부릅니다.	부릅니까?
선선합니다.	선선합니까?
시원합니다.	시원합니까?
익살스럽습니다.	익살스럽습니까?

▶▶ 試著完成下列對話。

혜영 : 시원합니까?
상철 : 예, 시원합니다.

혜영 : 만족합니까?
상철 : 예, 만족합니다.

혜영 : 좋습니까?
상철 : 예, 좋습니다.

第十課 天氣冷嗎？

文法練習：

▶▶ 試著將下列主詞、形容詞搭配組合，依肯定句及疑問句形式，完成句子並填入空格中。

完成句子	
肯定句	저는 기쁩니다.
疑問句	저는 기쁩니까?
肯定句	저희가 슬픕니다./저희는 슬픕니다.
疑問句	저희가 슬픕니까?/저희는 슬픕니까?
肯定句	당신이 고픕니다./당신은 고픕니다.
疑問句	당신이 고픕니까?/당신은 고픕니까?
肯定句	날씨가 선선합니다./날씨는 선선합니다.
疑問句	날씨가 선선합니까?/날씨는 선선합니까?
肯定句	음료수가 시원합니다./음료수는 시원합니다.
疑問句	음료수가 시원합니까?/음료수는 시원합니까?
肯定句	하늘이 흐립니다./ 하늘은 흐립니다.
疑問句	하늘이 흐립니까?/ 하늘은 흐립니까?
肯定句	구름이 많습니다./구름은 많습니다.
疑問句	구름이 많습니까?/구름은 많습니까?
肯定句	바람이 셉니다./바람은 셉니다.
疑問句	바람이 셉니까?/바람은 셉니까?
肯定句	해바라기가 예쁩니다./해바라기는 예쁩니다.
疑問句	해바라기가 예쁩니까?/해바라기는 예쁩니까?
肯定句	장미꽃이 쌉니다./장미꽃은 쌉니다.
疑問句	장미꽃이 쌉니까?/장미꽃은 쌉니까?

▶▶ 試著完成下列對話。

혜영 : 가방이 비쌉니까?
상철 : 예, 가방이 비쌉니다.

혜영 : 가방이 좋습니까?
상철 : 예, 가방이 좋습니다.

혜영 : 가방은 예쁩니까?
상철 : 예, 가방은 예쁩니다.

第十一課 吃什麼？

文法練習

▶▶ 試著將下列受詞及動詞，搭配組合成肯定句及疑問句形式，完成句子並填入空格中。

完成句子	
肯定句	사과를 먹습니다.
疑問句	사과를 먹습니까?
肯定句	뉴스를 봅니다.
疑問句	뉴스를 봅니까?
肯定句	신문을 읽습니다.
疑問句	신문을 읽습니까?
肯定句	음악을 듣습니다.
疑問句	음악을 듣습니까?
肯定句	텔레비전을 삽니다.
疑問句	텔레비전을 삽니까?
肯定句	컴퓨터를 합니다.
疑問句	컴퓨터를 합니까?
肯定句	얼굴을 때립니다.
疑問句	얼굴을 때립니까?
肯定句	적군을 공격합니다.
疑問句	적군을 공격합니까?
肯定句	한국어를 예습합니다.
疑問句	한국어를 예습합니까?
肯定句	소주를 마십니다.
疑問句	소주를 마십니까?

▶▶ 試著完成下列對話。

혜영 : 일본 요리를 좋아합니까?
상철 : 예, 일본 요리를 좋아합니다.

혜영 : 일본 소주를 마십니까?
상철 : 아닙니다, 한국 소주를 마십니다.

혜영 : 한국어를 배웁니까?
상철 : 예, 한국어를 배웁니다.

第十二課 上徹先生吃什麼？

文法練習

▶▶ 試著將下列受詞及動詞，搭配組合成疑問句形式，完成句子並填入空格中。

完成句子
무엇을 먹습니까?
무엇을 봅니까?
무엇을 읽습니까?
무엇을 듣습니까?
무엇을 삽니까?
무엇을 합니까?

▶▶ 試著將下列主詞及動詞，搭配組合成肯定句及疑問句形式，完成句子並填入空格中。

	完成句子
肯定句	학생이 먹습니다./학생은 먹습니다.
疑問句	학생이 먹습니까?/학생은 먹습니까?
肯定句	선생님이 봅니다./선생님은 봅니다.
疑問句	선생님이 봅니까?/선생님은 봅니까?
肯定句	아버지가 읽습니다./아버지는 읽습니다.
疑問句	아버지가 읽습니까?/아버지는 읽습니까?
肯定句	친구가 듣습니다./친구는 듣습니다.
疑問句	친구가 듣습니까?/친구는 듣습니까?
肯定句	할아버지가 삽니다./할아버지는 삽니다.
疑問句	할아버지가 삽니까?/할아버지는 삽니까?
肯定句	동생이 합니다./동생은 합니다.
疑問句	동생이 합니까?/동생은 합니까?

▶▶ 試著將下列主詞、受詞及動詞，搭配組合成肯定句及疑問句形式，完成句子並填入空格中。

	完成句子
肯定句	無
疑問句	학생이(은) 무엇을 먹습니까?
肯定句	선생님이(은) 뉴스를 봅니다.
疑問句	선생님이(은) 뉴스를 봅니까?
肯定句	아버지가(는) 신문을 읽습니다.
疑問句	아버지가(는) 신문을 읽습니까?
肯定句	친구가(는) 음악을 듣습니다.
疑問句	친구가(는) 음악을 듣습니까?
肯定句	할아버지가(는) 텔레비전을 삽니다.
疑問句	할아버지가(는) 텔레비전을 삽니까?
肯定句	동생이(은) 컴퓨터를 합니다.
疑問句	동생이(은) 컴퓨터를 합니까?

PART
1
課前學習

PART
2
初階學習

PART
3
進階學習

PART
4
附錄&解答

▶▶ 試著完成下列對話。

혜영 : 철수 씨는 갑니까?
상철 : 예, 철수 씨는 갑니다.

혜영 : 철수 씨는 무엇을 좋아합니까?
상철 : 철수 씨는 한국 요리를 좋아합니다.

혜영 : 미진 씨는 옵니까?
상철 : 예, 미진 씨는 옵니다.

혜영 : 미진 씨는 무엇을 좋아합니까?
상철 : 미진 씨는 딸기를 좋아합니다.

혜영 : 우리는 무엇을 먹습니까?
상철 : 우리는 과일을 먹습니다.

혜영 : 상철이가 컴퓨터를 합니까?
상철 : 아닙니다. 상철이가 음악을 듣습니다.

第十三課 早上去嗎？
文法練習
▶▶ 試著將下列時間名詞及動詞，搭配組合成肯定句及疑問句形式，完成句子並填入空格中。

完成句子	
肯定句	아침에 먹습니다.
疑問句	아침에 먹습니까?
肯定句	아침에 봅니다.
疑問句	아침에 봅니까?
肯定句	오전에 읽습니다.
疑問句	오전에 읽습니까?
肯定句	오전에 듣습니다.
疑問句	오전에 듣습니까?
肯定句	저녁에 삽니다.
疑問句	저녁에 삽니까?
肯定句	저녁에 합니다.
疑問句	저녁에 합니까?

▶▶ 試著將下列時間名詞、受詞及動詞，搭配組合成肯定句及疑問句形式，完成句子並填入空格中。

完成句子	
肯定句	無
疑問句	아침에 무엇을 먹습니까?
肯定句	오전에 뉴스를 봅니다.
疑問句	오전에 뉴스를 봅니까?

完成句子	
肯定句	오후에 신문을 읽습니다.
疑問句	오후에 신문을 읽습니까?
肯定句	저녁에 음악을 듣습니다.
疑問句	저녁에 음악을 듣습니까?
肯定句	밤에 텔레비전을 삽니다.
疑問句	밤에 텔레비전을 삽니까?
肯定句	새벽에 컴퓨터를 합니다.
疑問句	새벽에 컴퓨터를 합니까?

▶▶ 試著完成下列對話。

혜영 : 아침에 갑니까?
상철 : 예, 아침에 갑니다.

혜영 : 밤에 무엇을 먹습니까?
상철 : 밤에 라면을 먹습니다.

혜영 : 오후에 운동합니까?
상철 : 아닙니다. 오후에 공부합니다.

혜영 : 밤에 샤워합니까?
상철 : 아닙니다. 밤에 텔레비전을 봅니다.

第十四課 早上去學校嗎？

文法練習

▶▶ 試著將下列時間名詞、地方名詞及行動性動詞，搭配組合成肯定句及疑問句形式，完成句子並填入空格中。

完成句子	
肯定句	아침에 슈퍼마켓에 갑니다.
疑問句	아침에 슈퍼마켓에 갑니까?
肯定句	오전에 편의점에 갑니다.
疑問句	오전에 편의점에 갑니까?
肯定句	오후에 집에 갑니다.
疑問句	오후에 집에 갑니까?
肯定句	저녁에 학원에 갑니다.
疑問句	저녁에 학원에 갑니까?
肯定句	저녁에 타이완에 갑니다.
疑問句	저녁에 타이완에 갑니까?
肯定句	저녁에 미국에 갑니다.
疑問句	저녁에 미국에 갑니까?
肯定句	밤에 백화점에 옵니다.
疑問句	밤에 백화점에 옵니까?

PART
1
課前學習

PART
2
初階學習

PART
3
進階學習

PART
4
附錄&解答

完成句子	
肯定句	새벽에 영화관에 옵니다.
疑問句	새벽에 영화관에 옵니까?
肯定句	새벽에 야시장에 옵니다.
疑問句	새벽에 야시장에 옵니까?
肯定句	새벽에 양명산에 옵니다.
疑問句	새벽에 양명산에 옵니까?

▶▶ 試著完成下列對話。

혜영 : 아침에 한국에 갑니까?
상철 : 예, 아침에 한국에 갑니다.

혜영 : 저녁에 서울에 갑니까?
상철 : 아닙니다. <u>오후에 부산에 갑니다.</u>

혜영 : 밤에 바다에 갑니까?
상철 : 아닙니다. <u>밤에 친구 집에 갑니다.</u>

혜영 : 새벽에 대만에 돌아옵니까?
상철 : 예, <u>새벽에 대만에 돌아옵니다.</u>

第十五課 上徹先生早上去學校嗎?
文法練習

▶▶ 試著將下列動詞搭配正確語尾，完成肯定句及疑問句，並填入空格中。

完成句子	
肯定句	갑니다.
疑問句	갑니까?
肯定句	옵니다.
疑問句	옵니까?
肯定句	버립니다.
疑問句	버립니까?
肯定句	들어옵니다.
疑問句	들어옵니까?

▶▶ 試著將下列時間名詞及動詞，搭配組合成肯定句及疑問句形式，完成句子並填入空格中。

完成句子	
肯定句	아침에 갑니다.
疑問句	아침에 갑니까?
肯定句	오후에 옵니다.
疑問句	오후에 옵니까?
肯定句	밤에 도착합니다.

疑問句	밤에 도착합니까?
肯定句	새벽에 들어옵니다.
疑問句	새벽에 들어옵니까?

▶▶ 試著將下列時間名詞、場所名詞及動詞，搭配組合成肯定句及疑問句形式，完成句子並填入空格中。

完成句子	
肯定句	아침에 도서관에 갑니다.
疑問句	아침에 도서관에 갑니까?
肯定句	오후에 운동장에 옵니다.
疑問句	오후에 운동장에 옵니까?
肯定句	밤에 공항에 도착합니다.
疑問句	밤에 공항에 도착합니까?
肯定句	새벽에 시장에 들어옵니다.
疑問句	새벽에 시장에 들어옵니까?

▶▶ 試著將下列主詞、時間名詞、場所名詞、動詞做正確搭配，完成肯定句及疑問句，並填入空格中。

肯定句	친구가(는) 아침에 도서관에 갑니다.
疑問句	친구가(는) 아침에 도서관에 갑니까?
肯定句	선생님이(은) 오후에 운동장에 옵니다.
疑問句	선생님이(은) 오후에 운동장에 옵니까?
肯定句	여자친구가(는) 밤에 공항에 도착합니다.
疑問句	여자친구가(는) 밤에 공항에 도착합니까?
肯定句	손님들이(은) 새벽에 시장에 들어옵니다.
疑問句	손님들이(은) 새벽에 시장에 들어옵니까?

第十六課 從哪裡去？

文法練習

▶▶ 試著將下列場所名詞及動詞，搭配組合成肯定句及疑問句形式，完成句子並填入空格中。

完成句子	
肯定句	도서관에서 갑니다.
疑問句	도서관에서 갑니까?
肯定句	커피숍에서 옵니다.
疑問句	커피숍에서 옵니까?
肯定句	술집에서 출발합니다.
疑問句	술집에서 출발합니까?
肯定句	호텔에서 걸어옵니다.
疑問句	호텔에서 걸어옵니까?

▶▶ 試著完成下列對話。

혜영 : <u>식당에서 갑니까?</u>
상철 : 예, 식당에서 갑니다.

혜영 : 어디에서 출발합니까?
상철 : <u>영화관에서 출발합니다.</u>

혜영 : 어디에서 걸어옵니까?
상철 : <u>슈퍼마켓에서 걸어옵니다.</u>

혜영 : 미술관에서 걸어갑니까?
상철 : 아닙니다. <u>박물관에서 걸어갑니다.</u>

第十七課 上徹先生從哪裡去？

文法練習

▶▶ 試著將下列主詞、場所名詞及動詞，搭配組合成肯定句及疑問句形式，完成句子並填入空格中。

完成句子	
肯定句	우리가(는) 도서관에서 갑니다.
疑問句	우리가(는) 도서관에서 갑니까?
肯定句	선생님들이(은) 커피숍에서 옵니다.
疑問句	선생님들이(은) 커피숍에서 옵니까?
肯定句	그들이(은) 술집에서 출발합니다.
疑問句	그들이(은) 술집에서 출발합니까?
肯定句	혜영 씨가(는) 호텔에서 걸어옵니다.
疑問句	혜영 씨가(는) 호텔에서 걸어옵니까?

▶▶ 試著完成下列對話。

혜영 : <u>그분은 식당에세 갑니까?</u>
상철 : 예, 그분은 식당에세 갑니다.

혜영 : 어버지는 어디에서 출발합니까?
상철 : <u>어버지는 영화관에서 출발합니다.</u>

혜영 : 친구들이 어디에서 걸어옵니까?
상철 : <u>친구들은 슈퍼마켓에서 걸어옵니다.</u>

혜영 : 상철 씨는 미술관에서 걸어갑니까?
상철 : 아닙니다. <u>(저는) 박물관에서 걸어갑니다.</u>

第十八課 在哪裡吃？

文法練習

▶▶ 試著將下列場所名詞及動詞，搭配組合成肯定句及疑問句形式，完成句子並填入空格中。

完成句子	
肯定句	도서관에서 공부합니다.
疑問句	도서관에서 공부합니까?
肯定句	커피숍에서 이야기합니다.
疑問句	커피숍에서 이야기합니까?
肯定句	노래방에서 노래합니다.
疑問句	노래방에서 노래합니까?
肯定句	호텔에서 잡니다.
疑問句	호텔에서 잡니까?

▶▶ 試著完成下列對話。

혜영 : 중국집에세 식사합니까?
상철 : 예, 중국집에세 식사합니다.

혜영 : 어디에서 주문합니까?
상철 : 카운터에서 주문합니다.

혜영 : 어디에서 운동합니까?
상철 : 운동장에서 운동합니다.

혜영 : 서울대공원에서 산책합니까?
상철 : 아닙니다. 한강 공원에서 산책합니다.

第十九課 上徹先生在哪裡吃？

文法練習

▶▶ 試著將下列主詞、場所名詞及動詞，搭配組合成肯定句及疑問句形式，完成句子並填入空格中。

完成句子	
肯定句	우리가(는) 도서관에서 공부합니다.
疑問句	우리가(는) 도서관에서 공부합니까?
肯定句	선생님들이(은) 커피숍에서 얘기합니다.
疑問句	선생님들이(은) 커피숍에서 얘기합니까?
肯定句	그들이(은) 술집에서 일합니다.
疑問句	그들이(은) 술집에서 일합니까?
肯定句	혜영 씨가(는) 호텔에서 강연합니다.
疑問句	혜영 씨가(는) 호텔에서 강연합니까?
肯定句	상철 씨가(는) 교회에서 결혼합니다.
疑問句	상철 씨가(는) 교회에서 결혼합니까?

▶▶ 試著完成下列對話。

혜영：<u>그분이 교회에서 결혼합니까?</u>

상철：아닙니다. 그분은 교회에서 기도합니다.

혜영：선생님이 어디에서 식사합니까?

상철：<u>선생님은 친구 집에서 식사합니다.</u>

혜영：친구들이 슈퍼마켓에서 삽니까?

상철：아닙니다. <u>친구들은 편의점에서 삽니다.</u>

혜영：상철 씨는 화장실에서 청소합니까?

상철：아닙니다. <u>(저는) 기숙사에서 청소합니다.</u>

▶▶ 試著把提示的單字組合成完整句子。

①답：<u>그 사람은 노래방에서 노래합니다.</u>

②답：<u>선미 씨는 집에서 잡니다.</u>

③답：<u>윤희 씨는 백화점에서 삽니다.</u>

第二十課 上徹先生早上從哪裡去？

文法練習

▶▶ 試著將下列時間名詞、場所名詞及動詞，搭配組合成肯定句及疑問句形式，完成句子並填入空格中。

完成句子	
肯定句	월요일에 도서관에서 출발합니다.
疑問句	월요일에 도서관에서 출발합니까?
肯定句	화요일에 커피숍에서 걸어갑니다.
疑問句	화요일에 커피숍에서 걸어갑니까?
肯定句	일요일에 술집에서 돌아옵니다.
疑問句	일요일에 술집에서 돌아옵니까?
肯定句	휴일에 호텔에서 돌아갑니다.
疑問句	휴일에 호텔에서 돌아갑니까?
肯定句	흉년에 땅에서 사라집니다.
疑問句	흉년에 땅에서 사라집니까?

▶▶ 試著完成下列對話。

혜영：상철 씨가 저녁에 공원에서 갑니까?

상철：아닙니다. 저는 저녁에 시장에서 갑니다.

혜영：선생님이 일요일에 어디에서 출발합니까?

상철：<u>선생님은 일요일에 전통시장에서 출발합니다.</u>

혜영：친구들이 언제 미국에서 돌아옵니까?

상철：<u>친구들은 화요일 오후에 미국에서 돌아옵니다.</u>

혜영 : 상철 씨는 새벽에 집에서 걸어갑니까?
상철 : 아닙니다. (저는) 새벽에 기숙사에서 걸어갑니다.

第二十一課 上徹先生早上在哪裡吃？

文法練習

▶▶ 試著將下列時間名詞、場所名詞及動詞，搭配組合成肯定句及疑問句形式，完成句子並填入空格。

完成句子	
肯定句	아침에 도서관에서 공부합니다.
疑問句	아침에 도서관에서 공부합니까?
肯定句	오후에 운동장에서 운동합니다.
疑問句	오후에 운동장에서 운동합니까?
肯定句	밤에 공원에서 산책합니다.
疑問句	밤에 공원에서 산책합니까?
肯定句	새벽에 샤워실에서 샤워합니다.
疑問句	새벽에 샤워실에서 샤워합니까?

▶▶ 試著將下列主詞、時間名詞、場所名詞、動詞，搭配組合成肯定句及疑問句形式，完成句子並填入空格。

肯定句	친구가(는) 아침에 도서관에서 공부합니다.
疑問句	친구가(는) 아침에 도서관에서 공부합니까?
肯定句	선생님이(은) 오후에 수영장에서 수영합니다.
疑問句	선생님이(은) 오후에 수영장에서 수영합니까?
肯定句	여자친구가(는) 밤에 남대문 시장에서 쇼핑합니다.
疑問句	여자친구가(는) 밤에 남대문 시장에서 쇼핑합니까?
肯定句	손님들이(은) 새벽에 시장에서 삽니다.
疑問句	손님들이(은) 새벽에 시장에서 삽니까?

▶▶ 試著將下列主詞、時間名詞、場所名詞及動詞搭配組合，完成句子並翻譯填入空格。

①
韓文句 : 친구가(는) 토요일에 학교에 갑니다. / 친구가(는) 토요일에 학교에서 갑니다.
中文句 : 朋友星期六去學校。／學朋友星期六從學校去。

②
韓文句 : 저는 오후에 운동장에서 운동합니다.
中文句 : 我下午在操場運動。

③
韓文句 : 그들이(은) 월요일에 도서관에서 공부합니다.
中文句 : 他們星期一在圖書館學習。

④
韓文句 : 우리 가족이(은) 금요일 밤에 중국 식당에서 식사합니다.
中文句 : 我們家人星期五晚上在中式餐廳裡用餐。

第二十二課 我們是學生。

文法練習

▶▶ 試著將下列「格式體敬語」改為「非格式體敬語」。

格式體敬語	非格式體敬語
N이다＋ㅂ니다 N이다＋ㅂ니까?	N이에요/예요 N이에요/예요?
선생님입니다.	선생님이에요.
선생님입니까?	선생님이에요?
친구입니다.	친구예요.
친구입니까?	친구예요?
과일입니다.	과일이에요.
과일입니까?	과일이에요?
남자친구입니다.	남자친구예요.
남자친구입니까?	남자친구예요?

▶▶ 試著將下列句子改為「N이에요/예요」的非格式體型態。

①저는 학생이에요.
②우리는 친구예요.
③이것이 교과서예요.
④그것이 텔레비전이에요.
⑤저희가(는) 대학생이에요.
⑥그분이(은) 한국어 선생님이에요.
⑦그 사람이(은) 미국 사람이에요.

二十三課 上徹先生去嗎？

文法練習II

▶▶ 試著將下列的「格式體敬語語尾」改為「非格式體敬語語尾」。

格式體敬語	非格式體敬語
V/A＋습니다/ㅂ니다	아요 （接陽性母音） V/A＋어요 （接陰性母音） 여요 （接하다類單字）
높습니다.	높아요.
높습니까?	높아요?
읽습니다.	읽어요.
읽습니까?	읽어요?
넓습니다.	넓어요.
넓습니까?	넓어요?
얇습니다.	얇아요.
얇습니까?	얇아요?
사랑합니다.	사랑해요.
사랑합니까?	사랑해요?

▶ 試著將下列句子改為「V/A＋아요/어요/여요」非格式體敬語型態。

①저는 옷을 입어요.
②우리는 밥을 먹어요.
③양명산이 높아요.
④한국 김치는 맛있어요.
⑤저희가(는) 사과를 좋아해요.
⑥그분이(은) 여자친구를 사랑해요.
⑦그 사람이(은) 운전해요.

文法練習Ⅲ

▶ 試著將下列單字，改寫成「格式體敬語」及「非格式體敬語」，並填入空格。

格式體敬語	非格式體敬語（一般敬語）
A/V＋ 습니다/ㅂ니다 습니까/ㅂ니까?	A/V＋ 아요 어요 여요
많습니다.	많아요.
많습니까?	많아요?
앉습니다.	앉아요.
앉습니까?	앉아요?
좋습니다.	좋아요.
좋습니까?	좋아요?
있습니다.	있어요.
있습니까?	있어요?
공부합니다.	공부해요.
공부합니까?	공부해요?
시원합니다.	시원해요.
시원합니까?	시원해요?
잡니다.	자요.
잡니까?	자요?
옵니다.	와요.
옵니까?	와요?
봅니다.	봐요.
봅니까?	봐요?
마십니다.	마셔요.
마십니까?	마셔요?
내립니다.	내려요.
내립니까?	내려요?
줍니다.	줘요.
줍니까?	줘요?
씁니다.	써요.

格式體敬語	非格式體敬語（一般敬語）
씁니까?	써요?
바쁩니다.	바빠요.
바쁩니까?	바빠요?
쉽니다.	쉬어요.
쉽니까?	쉬어요?

第二十四課 上徹先生明年將要去韓國嗎？

文法練習

▶▶ 試著將下列題目以未來時制，依非敬語及敬語形式完成句子。

(1)（未來時制，非敬語）：나는 책을 읽겠다.
　　（未來時制，敬語）　：나는 책을 읽겠습니다./읽겠어요.
(2)（未來時制，非敬語）：내일 학교에서 친구를 만나겠다.
　　（未來時制，敬語）　：내일 학교에서 친구를 만나겠습니다./만나겠어요.

▶▶ 試著將下列單字以未來時制，依非敬語及敬語形式完成句子。

未來時制＋格式體敬語語尾	未來時制＋非格式體敬語語尾
먹겠습니다.	먹겠어요.
공부하겠습니다.	공부하겠어요.
떠나겠습니다.	떠나겠어요.
제출하겠습니다.	제출하겠어요.
생각하겠습니다.	생각하겠어요.
사랑하겠습니다.	사랑하겠어요.
반성하겠습니다.	반성하겠어요.
운동하겠습니다.	운동하겠어요.

第二十五課 上徹先生吃過晚餐了嗎？

文法練習I

▶▶ 試著將下列題目以過去時制，依非敬語及敬語形式完成句子。

(1)（過去時制，非敬語）：나는 책을 읽었다.
　　（過去時制，敬語）　：나는 책을 읽었습니다./읽었어요.
(2)（過去時制，非敬語）：어제 학교에서 친구를 만났다.
　　（過去時制，敬語）　：어제 학교에서 친구를 만났습니다./만났어요.

▶▶ 試著將下列的單字依照提示改成適當時制。

未來時制	過去時制
많겠다.	많았다.
앉겠다.	앉았다.
좋겠다.	좋았다.
있겠다.	있었다.
공부하겠다.	공부하였다.→공부했다.
시원하겠다.	시원하였다.→시원했다.

未來時制	過去時制
자겠다.	자았다.→잤다.
오겠다.	오았다.→왔다.
보겠다.	보았다.→봤다.
마시겠다.	마시었다.→마셨다.
내리겠다.	내리었다.→내렸다.
주겠다.	주었다.→줬다.
쓰겠다.	쓰었다.→썼다.
바쁘겠다.	바쁘았다.→바빴다.
쉬겠다.	쉬었다.

PART 3 進階學習

第一課 去朋友家。

文法練習

(1)-이에요/-예요：是～

▶▶ 試著用「-이에요/-예요（是～）」來完成下列句子。

C：→ 저희 아버지가(는) 공무원입니다. → 저희 아버지가(는) 공무원이에요.

D：→ 그것이(은) 꽃이 아닙니다. → 그것이(은) 꽃이 아니에요.

(2)-군요：～呢！、～啊！

▶▶ 試著用「-군요（～呢！、～啊！）」來完成下列句子。

B：당신도 관광학과 학생이(로)군요!

그는 미술학과의 교수(로)군요!

당신이 바보가 아니군요!

술을 참 잘 마시는군요!

오늘 당신이 참 아름답군요!

C：→ 그는 김선생님이(로)군요!

→ 저 동물은 사자(로)군요!

→ 여기는 수영장이 아니군요!

→ 날씨가 정말 좋군요!

→ 한국은 멀군요!

▶▶ 試著用「-군요（～呢！、～啊！）」的過去及未來時制來完成下列句子。

E：아～남자이었군요!

아～사장이었군요!

밥을 잘 먹었군요!

내일 결혼하겠군요!

▶ 請配合各種時制，將下列表格中的單字做變化。

F：

現在時制	過去時制	未來時制
병원이에요.	병원이었어요.	
천재예요.	천재이었어요.	
자요.	잤어요.	자겠어요.
밝아요.	밝았어요.	밝겠어요.

(3) -고 싶다：想要～

    ▶ 試著用「-고 싶다（想要～）」來完成下列句子。

    B：점심을 먹고 싶다.   → 점심을 먹고 싶어요.
       음료수를 사고 싶다.   → 음료수를 사고 싶어요.
       비행기를 타고 싶다.   → 비행기를 타고 싶어요.
       남자친구와 헤어지고 싶다. → 남자친구와 헤어지고 싶어요.
       결혼을 하고 싶다.   → 결혼을 하고 싶어요.

(4) -께：授予之對象。這是「-에게」的敬語。

    ▶ 試著用「-께（-에게的敬語）」依照上列敬語、時制及添加語句尾的變化來完成下列句子。

    B：→ 어머님께 말씀을 드리다.
       → 어머님께 말씀을 드립니다.
       → 어머님께 말씀을 드렸습니다.

第二課 天氣真好。

5.文法練習

(1) N＋(이)니까：表原因～（因為～）

    ▶ 試著用「N＋(이)니까（因為～）」來完成下列句子。

    C：→ 우리는 친구니까 자주 만나요.
    D：→ 오늘은 주말이니까 교회에 가요.

(2) V＋(으)니까：表原因～（因為～）

    ▶ 試著用「V＋(으)니까（因為～）」來完成下列句子。

    C：→ 해가 뜨니까 날씨가 밝아요.
    D：→ 눈이 오니까 참 예뻐요.

(3) V＋ㄹ/을 거예요：將要～V

    ▶ 試著用「V＋ㄹ/을 거예요（將要～V）」將下列例句，依照組合型態演變來完成句子。

    B：〈1〉→제가 내년에 결혼할 것이다.
       〈2〉→제가 내년에 결혼할 것입니다.
          →제가 내년에 결혼할 겁니다.
       〈3〉→제가 내년에 결혼할 것이에요.
          →제가 내년에 결혼할 거예요.

第三課 打錯電話了。

文法練習

(1) -지요：～吧！

▶▶ 試著用「-지요（～吧！）」來完成下列句子。

B：선생님이 세중의 아버님<u>이지요</u>?

선생님이 경찰이 아니<u>지요</u>?

상철이 요리를 잘 하<u>지요</u>?

한복은 아주 비싸<u>지요</u>?

이 음료수가 참 시원하<u>지요</u>?

그 모델의 몸매가 정말 좋<u>지요</u>?

(2) V+아/어/여 주다：給我／幫我～V

▶▶ 試著用「V+아/어/여 주다（給我／幫我～V）」完成下列句子。

B：물을 마<u>셔 주세요</u>.

전화를 <u>해 주세요</u>.

이 못을 벽에 <u>박아 주세요</u>.

말씀을 <u>해 주세요</u>.

(3) 「ㄹ」的不規則用法

▶▶ 試著將下列動詞依語尾變化完成，並填入表格。

B：

-는/ㄴ다	-습니다/ㅂ니다	-(으)세요
운다	웁니다	우세요
판다	팝니다	파세요
논다	놉니다	노세요

第四課 要不要去看電影。

文法練習

(1) V+(으)러+가다：去做～

▶▶ 試著用「V+(으)러+가다（去做）」以過去式型態完成下列句子。

할아버지가 샤워를 <u>하러 갔어요</u>.

미미가 만화책을 <u>사러 갔어요</u>.

선미가 일본 여행을 <u>하러 갔어요</u>.

미정이 점심을 <u>먹으러 갔어요</u>.

▶▶ 試著用「V+(으)러+가다（去做）」以現在式型態完成下列句子。

원숭이를 <u>보러 동물원에 가요</u>.

밥을 <u>먹으러 식당에 가요</u>.

아신이 친구와 같이 <u>등산하러 대만에 가요</u>.

생일 파티에 <u>참가하러 친구 집에 가요</u>.

(2) V/A+겠지요?!：表示對現實猜測之意思，中文為「應該～吧？！」

▶▶ 試著用「V/A+겠지요?!（應該～吧？！）」完成下列句子。

구름이 많으니까 오후에 비가 <u>오겠지요?!</u>

돈이 있으면 자동차를 <u>사겠지요?!</u>

317

시간이 많으면 여행을 가겠지요?!
음요수를 많이 먹으면 배가 아프겠지요?!

(3)V＋기 전에~ : 在～之前
　▶▶ 試著用「V＋기 전에（在～之前）」完成下列句子。
　B : 비가 내리기 전에 집에 갈거예요.
　　　선생님이 교실에 들어오기 전에 나가세요.
　　　아빠가 돌아오기 전에 방을 청소하세요.
　　　잠을 자기 전에 양치를 하세요.
　C : → 영화를 보기 전에 팝콘을 사세요.
　　　 → 태풍이 들어오기 전에 음식을 준비하세요.
　　　 → 내년에 졸업하기 전에 유럽 여행을 가고 싶어요.

補充說明
　▶▶ 試著「V＋기 전에（在～之前）」搭配「時間性的名詞」或是「有動作持續性的名詞」來完成下列句子。
　B : → 시월 전에 태풍이 많아요.
　　　 → 추석 전에 기차표를 예매하세요.
　　　 → 식사 전에 약을 먹어요.
　　　 → 결혼 전에 건강 검진을 하세요.

第五課 午餐時間到了耶。
文法練習
(1) A/V＋네요 : ～耶！；～啊！
　▶▶ 試著用「A/V＋네요（～耶！；～啊！）」來完成下列句子。
　　　생일 파티에 친구를 많이 초대하네요.
　　　구름이 많이 끼네요.
　　　그는 한국어를 잘하네요.
　　　할아버지는 방에 계시네요.
　▶▶ 試著用「A/V＋네요（～耶！；～啊！）」來完成下列句子。
　　　101 건물이 참 높네요.
　　　학교에서 공원까지 가깝네요.
　　　이 아기가 정말 예쁘네요.
　　　눈이 정말 하얀색이네요.

(2) -ㄴ/는/은（冠型詞化） : ～的
　▶▶ 試著用「-ㄴ/는/은（～的）」來完成下列句子。
　B : 한국은 눈이 내리는 나라예요.
　　　공원은 아이들이 노는 장소예요.
　　　그는 잘 우는 아이였어요.
　　　이것이 제가 좋아하는 빵이네요.
　　　영민이는 요리를 잘하는 엄마가 다 됐네요.
　　　돈을 훔쳐간 사람은 바로 그 사람이에요.
　　　그를 때린 사람은 저였어요.

▶▶ 試著用「-ㄴ/는/은（～的）」來完成下列句子。

D : 장미는 <u>예쁜</u> 꽃이에요.

키가 <u>큰</u> 사람은 농구를 잘해요.

이것은 아주 <u>비싼</u> 선물입니다.

너무 <u>싼</u> 물건은 좋지 않아요.

내가 <u>단</u> 사탕을 좋아해요.

第六課 因為感冒所以沒能來。

文法練習

(1) -때문에：因為～

▶▶ 試著用「N＋때문에（因為～）」來完成下列句子。

B : <u>남자친구 때문에</u> 파마했어요.

<u>엄마 때문에</u> 요리를 배웠어요.

<u>돈 때문에</u> 머리가 아파요.

<u>비 때문에</u> 우울해요.

▶▶ 試著用「N＋이기 때문에（是因為～）」來完成下列句子。

B : <u>오빠이기 때문에</u> 참았어요.

<u>어린이이기 때문에</u> 안 때렸어요.

<u>환자이기 때문에</u> 말을 안 했어요.

<u>바쁜 사람이기 때문에</u> 시간이 없어요.

▶▶ 試著用「V＋기 때문에（因為～）」來完成下列句子。

B : <u>오빠가 말했기 때문에</u> 참았어요.

<u>어린이가 잤기 때문에</u> 조용해요.

<u>환자가 적정하기 때문에</u> 말을 안 했어요.

<u>사람들이 먹기 때문에</u> 맛있겠지요!

▶▶ 試著用「A＋기 때문에（因為～）」來完成下列句子。

B : <u>아이가 예쁘기 때문에</u> 많이 상랑해요.

<u>날씨가 좋기 때문에</u> 기분이 좋아요.

<u>환자가 우울하기 때문에</u> 말을 안 했어요.

(2) 못＋V：不能、無法

▶▶ 試著用「못＋V（不能、無法）」來完成下列句子。

B : 머리가 안 좋아서 <u>못 알아봐요.</u> (알아보다.)

너무 피곤하기 때문에 <u>못 일어나요.</u> (일어나다)

어제 야근해서 집에 <u>못 돌아갔어요.</u> (돌아가다)

손이 다쳤기 때문에 글을 <u>못 써요.</u> (쓰다)

(3) V＋아/어/여＋V

▶▶ 試著用「V＋아/어/여＋V」來完成下列句子。

B : → <u>들+어+가</u>   → <u>들어가다.</u>

→ <u>날+아+오</u>   → <u>날아오다.</u>

→ <u>끝내+어+주</u> → <u>끝내주다.</u>

→ <u>접+어+들</u>   → <u>접어들다.</u>

▶▶ 試著用「V하다＋여＋空格V(주다)」來完成下列句子。

B：→ 귀여워하＋여＋주 → 귀여워해 주세요.
　　→ 좋아하＋여＋주　 → 좋아해 주세요.
　　→ 응원하＋여＋주　 → 응원해 주세요.
　　→ 칭찬하＋여＋주　 → 칭찬해 주세요.

第七課 好像要下雨了。

文法練習

(1) N＋보다 더~：比~更~

▶▶ 試著用「N＋보다 더（比~更~）」來完成下列句子。

B：여자는 남자보다 더 날씬해요.
　　기차는 자동차보다 더 빨라요.
　　개는 고양이보다 더 무서워요.
　　담배는 술보다 더 나빠요.

▶▶ 試著用「N＋보다 더（比~更~）」來完成下列句子。

C：→ 30은 23보다 더 많아요.
　　→ 한국어는 영어보다 더 어려워요.
　　→ 오빠는 동생보다 더 작아요.
　　→ 여동생은 언니보다 더 이뻐요.

(3) V/A（動詞／形容詞）지 않았다：沒有~

▶▶ 試著將下列「V/A＋지 않다（不~）」的句子改寫成「V/A＋지 않았다（沒有~）」。

B：→ 비가 오지 않았어요.
　　→ 점심을 먹지 않았어요.
　　→ 그는 그녀를 사랑하지 않았어요.
　　→ 오늘 일요일이니까 학교에 가지 않았어요.
　　→ 머리가 아프지 않았어요.
　　→ 아침은 춥지 않았어요.
　　→ 좋은 친구가 있었기 때문에 슬퍼하지 않았어요.
　　→ 이 사전은 비싸지 않았어요.

第八課 要事先買票吧？

文法練習

(1) -ㄴ/는/은데：然而、但是

▶▶ 試著用「N＋인데~（然而、但是）」及「N＋이었는데（然而、但是）」完成下列句子，並請注意時制狀態。
　　이 분이 저희 교수님이신데 인사 드리세요.
　　이것이 사과인데 달지 않아요.
　　저는 군인이었는데 제대했어요.

▶▶ 試著用「V＋는데（然而、但是）」及「V＋았/었/였/겠는데（然而、但是）」完成下列句子，並請注意時制狀態。
　　저는 술을 잘 마시는데 담배를 안 피워요.
　　저는 술을 잘 마셨는데 이제 안 마셔요.
　　할아버님께서 식사를 하셨는데 지금 주무십니다.
　　그림을 벽에 박았는데 또 떨어졌어요.
　　내년에 미국에 놀러 가겠는데 같이 갈까요?

여자친구와 결혼하겠는데 마음이 변했어요.
너를 사랑하고 싶은데 너무 어려워요.

▶▶ 試著用「A＋ㄴ/은데（然而、但是）」及「A＋았/었/였는데（然而、但是）」完成下列句子，並注意時制狀態。
꽃이 아주 예쁜데 좀 비싸요.
집이 작은데 살 수 있어요?
햇빛이 따뜻한데 수영하고 싶어요.
그 남자가 아주 착한데 제 반 친구예요.

(2) -아/어야 하다 : 必須要～、應該要～
▶▶ 試著用「-아/어야 하다（必須要、應該要）」完成下列句子。
당신이 나를 사랑해야 해요.
학생이니까 공부를 잘해야 해요.
착한 아이는 밥을 잘 먹어야 해요.
대만에 놀러 오면 야시장을 한 번 구경해야 해요.
부모님을 잘 모셔야 해요.
물이 몸에 좋은데 많이 마셔야 해요.
그 놈이 참 무례한데 한번 때려야 해요.

第九課 你會溜冰嗎？

文法練習

(1) -ㄹ/을 줄 알다 : 知道～、懂～
▶▶ 試著用「V＋ㄹ/을 줄 알다（知道、懂、會）」完成下列句子。
B : 밤이 어두운데 집에 찾아갈 줄 알아요?
한복을 입을 줄 알아요?
이 문제를 해결할 줄 알아요?
이 단어는 맞출 줄 알아요?
아버님께서 요리할 줄 알아요?/요리하실 줄 아세요?
배신자도 사랑할 줄 알아요?

▶▶ 試著用「V＋ㄹ/을 줄 모르다（不知道、不懂、不會）」完成下列句子。
B : 밤이 어두운데 집에 찾아갈 줄 몰라요.
한복을 입을 줄 몰라요?
이 문제를 해결할 줄 몰라요?
이 단어는 맞출 줄 몰라요?
아버님께서 요리할 줄 몰라요?/요리하실 줄 모르세요?
배신자는 사랑할 줄 몰라요?

(2)「ㄹ」的不規則用法（添加）
▶▶ 試著將下列빠르다（快）、구르다（滾）、흐리다（陰霾）三個單字依連接語尾的不同完成表格。
A :

빠르다（快）	구르다（滾）	흐리다（陰霾）
빨라서	굴러서	흘려서
빨라요	굴러요	흘려요
빨랐어요	굴렀어요	흘렸어요

PART 1 課前學習

第十課 週末去高雄如何？

文法練習

(1) -는 게：～的事情、～的這件事情

▶ 試著用「-는 게（～的事情、～的這件事情）」完成下列句子。

B：따뜻한 물을 <u>마시는 게</u> 몸에 좋아요.

　　고향집에 가려면 가차를 <u>타는 게</u> 제일 편해요.

　　집에서 강아지 한 마리를 <u>키우는 게</u> 어때요?

　　지금 아버님께서 <u>하는 게/하시는 게</u> 뭐예요?

(2) -(이)라고 하다：叫做～、稱為～

▶ 試著用「N+(이)라고 하다（叫做、稱為）」完成下列句子。

B：이것이 무엇이라고 해요?

　　이것이 <u>양복</u>이라고 해요.

　　당신의 직업이 <u>선생님</u>이라고 해요?

　　그 사람의 애칭이 <u>무엇</u>이라고 해요?

▶ 試著用「X를/을 N(이)라고 하다（把X叫做N）」完成下列句子。

B：이것을 <u>책</u>이라고 해요.

　　그것을 <u>우유</u>라고 해요.

　　인연을 <u>운명</u>이라고 해요.

　　결혼을 사랑의 <u>무덤</u>이라고 해요.

(3) -으로 유명하다：以～有名、以～著名

▶ 試著用「-으로 유명하다（以～有名、以～著名）」完成下列句子。

B：이 회사는 해외 <u>무역</u>으로 유명해요.

　　이 학교는 <u>관광학과</u>로 유명해요.

　　이 집은 <u>부부싸움</u>으로 유명해요.

　　미국 사람은 <u>키가 큰 것</u>으로 유명해요.

第十一課 變得更美了耶。

文法練習

(1) -ㄴ/은 후에：～之後

▶ 試著用「-ㄴ/은 후에（～之後）」完成下列句子。

B：→ <u>간 후에</u>

　　→ <u>마신 후에</u>

　　→ <u>한 후에</u>

　　→ <u>읽은 후에</u>

▶ 試著用「-ㄴ/은 후에（～之後）」完成下列句子。

C：일본에 <u>온 후에</u> 무엇을 하실 거예요?

　　숙제를 <u>한 후에</u> 친구와 놀았어요.

　　이 년 전에 <u>졸업한 후에</u> 바로 취직했어요.

　　동생과 <u>싸운 후에</u> 많이 울었어요.

(2) V＋고 있다：正在～

  ▶▶ 試著用「V＋고 있다（正在～）」完成下列句子。

  B：→ 식사하고 있다.

     → 읽고 있다.

     → 먹고 있다.

     → 자고 있다.

     → 준비하고 있다.

  ▶▶ 試著用「V＋고 있다（正在～）」完成下列句子。

  C：지금 비가 내리고 있어요.

     선생님께서 한국어를 가르치고 있어요./계세요.

     그들이 연애하고 있어요. (연애하다)

     수업이 다 끝났기 때문에 집으로 돌아가고 있어요.

     지금 TV를 보고 있는/계시는 사람은 저희 아버님이세요.

(3) A＋아/어/여지다：變得～

  ▶▶ 試著用「A＋아/어/여지다（變得～）」完成下列句子。

  B：→ 따뜻해지다.

     → 아름다워지다.

     → 밝아지다.

     → 어리석어지다.

  ▶▶ 試著用「A＋아/어/여지다（變得～）」完成下列句子。

  C：물 깊이 더 깊어졌어요.

     상민이 요즘 더 멋있어졌어요.

     결혼을 한 후에 더 행복해졌어요.

     난 요즘 너무 게을러진 것 같아요.

第十二課 不能在室內抽菸。

文法練習

(1) -아/어/여도：就算～也～、即便～也～

  ▶▶ 試著用「V＋아/어/여도（就算～也～、即便～也～）」完成下列句子。

  B：→ 먹어도

     → 살아도

     → 써도

     → 걸려도

     → 사과해도

  ▶▶ 試著用「V＋아/어/여도（就算～也～、即便～也～）」完成下列句子。

  C：밥을 먹어도 배가 고파요.

     잠을 자도 졸려요.

     숙제를 완성해도 밖에 못가요.

     노래를 불러도 심심해요.

     부모가 되어도/돼도 부모를 모셔야 해요.

▶▶ 試著用「A＋아/어/여도（就算～也～、即便～也～）」完成下列句子。

B : → 더워도
　　 → 슬퍼도
　　 → 뜨거워도
　　 → 아파도
　　 → 화려해도

C : 한국어가 어려워도 배울 거예요.
　　 꽃이 예뻐도 안 좋아해요.
　　 이 옷이 저와 어울려도 안 사요.
　　 밤이 깊어도 만나야 돼요.

(2) -(으)면 안되다 : ～的話～是不可以的、不可以～

▶▶ 試著用「-(으)면 안되다（～的話～是不可以的、不可以～）」完成下列句子。

B : 여기서 앉으면 안 돼요?
　　 이 수박을 먹으면 안 되는 이유가 뭐예요?
　　 너무 많이 말하면 안 돼요.
　　 날씨도 안 좋은데 놀러가면 안 돼요.

C : → 돈이 없어도 옷을 안 사면 안 돼요.
　　 → 싫어해도 약을 안 먹으면 안 돼요.
　　 → 숙제가 많아도 드라마를 안 보면 안 돼요.
　　 → 한국말이 어려워도 안 배우면 안 돼요.

(3) -아/어/여 보다 : ～過、～看看

▶▶ 試著用「V＋-아/어/여 보다（～過、～看）」完成下列句子。

C : 그 사람을 불러 봐요.
　　 사랑을 한번 해 봐요.
　　 이 문제를 해결해 봐요.
　　 이 음료수를 한번 마셔 봐요.
　　 비행기를 한번 타 봐요.
　　 한국어를 읽어 봐요.

▶▶ 試著用「V＋아/어/여 보았다（V＋～過）」完成下列句子。

C : 그 사람을 불러 봤어요.
　　 사랑을 한번 해 봤어요.
　　 이 문제를 해결해 봤어요.
　　 이 음료수를 한번 마셔 봤어요.
　　 비행기를 한번 타 봤어요.
　　 한국어를 읽어 봤어요.

第十三課 泡麵該怎麼煮呢？

文法練習

(1) -N＋(이)나 N＋(이)나～ : 或者～

▶▶ 試著用「-N(이)나 N(이)나～（或者～）」來完成下列句子。

B : → 아침에 주로 죽이나 빵을 먹어요.
　　 → 주말에 축구나 수영이나 농구를 해요.
　　 → 평상시에 주로 도서관이나 집에서 공부해요.
　　 → 아침이나 저녁에 시간이 있어요.

(2) -고 나서~ : 之後~

    ▶▶ 試著用「-고 나서~ : 之後~」來完成下列句子。

    B : 빨래를 하고 나서 청소를 해요.

        미정이가 졸업하고 나서 미국에 갔어요.

        아빠가 아침을 먹고 나서 출근하셨어요.

        아이가 울고 나서 자버렸어요.

第十四課 你知道那是什麼樣的內容嗎？

文法練習

(1) -ㄴ/는/은지 : 是不是~、是否~

    ▶▶ 試著用「-ㄴ/는/은지（~是不是、是否~）」依時態完成下列句子。

    B : 그 사람이 남자인지 몰라요.

        그 느낌이 사랑인지 몰라요.

        그 사람이 남자이었는지 몰라요.

        그 느낌이 사랑이었는지 몰라요.

    ▶▶ 試著用「-는/았/었는/였는/을/ㄹ지（~是不是、是否~）」依時態完成下列句子。

    B : 영민이가 결혼하는지 몰라요.

        영민이가 책을 읽는지 몰라요.

        영민이가 결혼했는지 몰라요.

        영민이가 책을 읽었는지 몰라요.

        영민이가 결혼할지 몰라요.

        영민이가 책을 읽을지 몰라요.

    ▶▶ 試著用「-ㄴ/은/았/었/였는/을/ㄹ지（~是不是、是否~）」依時態完成下列句子。

    B : 영민이 예쁜지 몰라요.

        사람이 많은지 몰라요.

        영민이 예뻤는지 몰라요.

        사람이 많았는지 몰라요.

        영민이 예쁠지 몰라요.

        사람이 많을지 몰라요.

(2) -지만 : 但是~

    ▶▶ 試著用「N＋이지만（但是~）」完成下列句子。

    B : 그 사람이 남자이지만 힘없어요.

        그 여자가 교수이지만 참 친절하시네요.

        내일이 토요일이지만 출근해야 해요.

        그 연예인이 미인이지만 마음이 나빠요.

    ▶▶ 試著用「V＋지만（但是~）」依時態完成下列句子。

    B : 봄이 오지만 안 따뜻해요.

        선물을 받지만 고맙지 않아요.

        봄이 왔지만 안 따뜻해요.

        선물을 받았지만 좋아하지 않아요.

        봄이 오겠지만 안 따뜻할 거예요.

        선물을 받겠지만 고맙지 않을 거예요.

PART 1 課前學習

PART 2 初階學習

PART 3 進階學習

PART 4 附錄＆解答

▶▶ 試著用「A＋지만」依時態完成下列句子。

B：키가 크지만 소용없어요.

나이가 많지만 철없어요.

날씨가 흐렸지만 지금 맑아요.

날씨가 맑았지만 지금 흐려요.

(3) -(이)랑~ : 和~

    ▶▶ 試著用「-(이)랑~（和~）」完成下列句子。

    B：저와/랑 사귈까요?

       내일 우리와/랑 까우슝으로 갈까요?

       귤과/이랑 딸기는 제일 맛있어요.

       돈과/이랑 사랑과/이랑 밥과/이랑 일 중에서 어떤 것이 제일 중요해요?

第十五課 我過得很好。

文法練習

(1) -니? : ~嗎?

    ▶▶ 試著依照「極尊待」、「一般尊待」、「下待」的格式體變化完成下列句子。

    `極尊待`   `一般尊待` `下待`

    B：감기이십니까? → 감기세요? → 감기니?

       교수이십니까? → 교수세요? → 교수니?

       그 사람이 바보였어요?

       → 그 사람이 바보였니?

       그 일을 완성하셨어요?

       → 그 일을 완성했니?

    ▶▶ 試著依照「極尊待」、「一般尊待」、「下待」的格式體變化完成下列句子。

    `極尊待`   `一般尊待` `下待`

    B：비가 내립니까?　→ 비가 내려요?　→ 비가 내리니?

       비가 내렸습니까? → 비가 내렸어요? → 비가 내렸니?

       생각이 납니까?　→ 생각이 나요?　→ 생각이 나니?

       생각이 났습니까? → 생각이 났어요? → 생각이 났니?

    ▶▶ 試著依照「極尊待」、「一般尊待」、「下待」的格式體變化完成下列句子。

    `極尊待`   `一般尊待` `下待`

    B：차가 맛있습니까?　→ 차가 맛있어요?　→ 차가 맛있니?

       차가 맛있었습니까? → 차가 맛있었어요? → 차가 맛있었니?

       날씨가 흐립니까?　→ 날씨가 흐려요?　→ 날씨가 흐리니?

       날씨가 흐렸습니까? → 날씨가 흐렸어요? → 날씨가 흐렸니?

(2) -아/어/야 : 非格式體下待語尾／半語

    ▶▶ 試著依照「格式體敬語語尾」、「非格式體敬語語尾」、「非格式體下待語尾（半語）」的
    格式體變化完成下列題目。

    `格式體敬語語尾`   `非格式體敬語語尾`   `非格式體下待語尾（半語）`

    B：미국으로 떠납니까? → 미국으로 떠나요? 미국으로 떠나?

       빵을 먹습니까?　　→ 빵을 먹어요?　　빵을 먹어?

       물을 마십니까?　　→ 물을 마셔요?　　물을 마셔?

사랑합니까?	→ 사랑해요?	사랑해?
가르칩니까?	→ 가르쳐요?	가르쳐?
한국어를 배웁니까?	→ 한국어를 배워요?	한국어를 배워?
가고 있습니까?	→ 가고 있어요?	가고 있어?
배가 고픕니까?	→ 배가 고파요?	배가 고파?
날씨가 춥습니까?	→ 날씨가 추워요?	날씨가 추워?

▶▶ 試著依照「格式體敬語語尾」、「非格式體敬語語尾」、「非格式體下待語尾（半語）」的格式體變化完成下列題目。

格式體敬語語尾	非格式體敬語語尾	非格式體下待語尾（半語）
D：미국으로 떠났습니까?	→ 미국으로 떠났어요?	미국으로 떠났어?
빵을 먹었습니까?	→ 빵을 먹었어요?	빵을 먹었어?
물을 마셨습니까?	→ 물을 마셨어요?	물을 마셨어?
사랑했습니까?	→ 사랑했어요?	사랑했어?
가르쳤습니까?	→ 가르쳤어요?	가르쳤어?
한국어를 배웠습니까?	→ 한국어를 배웠어요?	한국어를 배웠어?
가고 있었습니까?	→ 가고 있었어요?	가고 있었어?
배가 고팠습니까?	→ 배가 고팠어요?	배가 고팠어?
날씨가 추웠습니까?	→ 날씨가 추웠어요?	날씨가 추웠어?

▶▶ 試著依照「格式體敬語語尾」、「非格式體敬語語尾」、「非格式體下待語尾（半語）」的格式體變化完成下列題目。

格式體敬語語尾	非格式體敬語語尾	非格式體下待語尾（半語）
E：미국으로 떠나겠습니까?	→ 미국으로 떠나겠어요?	미국으로 떠나겠어?
빵을 먹겠습니까?	→ 빵을 먹겠어요?	빵을 먹겠어?
물을 마시겠습니까?	→ 물을 마시겠어요?	물을 마시겠어?
사랑하겠습니까?	→ 사랑하겠어요?	사랑하겠어?
가르치겠습니까?	→ 가르치겠어요?	가르치겠어?
한국어를 배우겠습니까?	→ 한국어를 배우겠어요?	한국어를 배우겠어?
가겠습니까?	→ 가겠어요?	가겠어?
배가 고프겠습니까?	→ 배가 고프겠어요?	배가 고프겠어?
날씨가 춥겠습니까?	→ 날씨가 춥겠어요?	날씨가 춥겠어?

(3) -에 이숙해지다：已習慣於～、對於～變得熟悉

▶▶ 試著用「-에 이숙해지다（已習慣於～、對於～變得熟悉）」完成下列句子。

B：→ 아침의 맑은 공기에 익숙해졌어요.
　　→ 사랑이 없는 인생에 익숙해졌어요.
　　→ 요리하는 방법에 익숙해졌어요.
　　→ 선생님의 잔소리에 익숙해졌어요.

國家圖書館出版品預行編目資料

我的韓語第一步 全新修訂版 / 吳忠信著
-- 修訂初版 -- 臺北市：瑞蘭國際, 2019.06
336面；19 × 26公分 --（外語學習系列；59）
ISBN：978-957-9138-11-6（平裝附光碟片）
1.韓語 2.讀本

803.28   108007456

外語學習系列 59

我的韓語第一步 全新修訂版

作者｜吳忠信 · 責任編輯｜潘治婷、王愿琦 · 校對｜吳忠信、潘治婷、王愿琦

韓語錄音｜朴芝英、黃仁奎 · 中文錄音｜吳忠信 · 錄音室｜純粹錄音後製有限公司
封面設計、版型設計、內文排版｜余佳憓

瑞蘭國際出版

董事長｜張暖彗 · 社長兼總編輯｜王愿琦
編輯部
副總編輯｜葉仲芸 · 副主編｜潘治婷 · 文字編輯｜林珊玉、鄧元婷 · 特約文字編輯｜楊嘉怡
設計部主任｜余佳憓 · 美術編輯｜陳如琪
業務部
副理｜楊米琪 · 組長｜林湲洵 · 專員｜張毓庭

出版社｜瑞蘭國際有限公司 · 地址｜台北市大安區安和路一段104號7樓之1
電話｜(02)2700-4625 · 傳真｜(02)2700-4622 · 訂購專線｜(02)2700-4625
劃撥帳號｜19914152 瑞蘭國際有限公司 · 瑞蘭國際網路書城｜www.genki-japan.com.tw

法律顧問｜海灣國際法律事務所　呂錦峯律師

總經銷｜聯合發行股份有限公司 · 電話｜(02)2917-8022、2917-8042
傳真｜(02)2915-6275、2915-7212 · 印刷｜科億印刷股份有限公司
出版日期｜2019年06月初版1刷 · 定價｜450元 · ISBN｜978-957-9138-11-6

瑞蘭國際

瑞蘭國際